Breathe Free

KATIE WEBER

Breathe FREE

ROMAN

KATIE WEBER

Freiherr-vom-Stein-Str. 23, 69517 Gorxheimertal
katie@fuchsteufelsmild.com
Cover: Katie Weber, shutterstock.com
Lektorat: Nathalie Kunze

ISBN: 978-1-521-379-851

Mehr als die Vergangenheit interessiert mich die Zukunft,
denn in ihr gedenke ich zu leben.

– *Albert Einstein* –

Drei Jahre später

1
Jonah

Ich erinnerte mich daran, wie Ben in seinen letzten Tagen vor seinem Tod stets wiederholte: *»Je fester du versuchst, die Zeit festzuhalten, Jonah, desto schneller verfliegt sie.«* Damals dachte ich, er meinte damit seine eigene verbleibende Zeit, die er noch auf Erden hatte. Mittlerweile wusste ich, er meinte damit das Leben im Allgemeinen.

Mir schien, als wäre es gestern gewesen, als ich meine Tochter das erste Mal in meinen Armen halten durfte. Sie war so schrecklich winzig und ich hatte panische Angst, sie fallen zu lassen oder irgendetwas anderes falsch zu machen. Doch wenn ich Gracey jetzt mit ihrem Welpen draußen im Garten spielen sah, war ich jedes Mal erstaunt, wie unglaublich groß sie in den letzten Jahren geworden ist.

Vier Jahre alt würde sie in den nächsten Wochen bereits werden und ich wusste absolut nicht, wie das so schnell passieren konnte. Gerade noch lernte sie zu laufen, sprach ihre ersten Worte und jetzt? Kaum zu fassen, wie schnell sie mittlerweile rennen und sogar Fahrradfahren konnte. Sie brauchte nicht einmal mehr die zwei kleinen Stützräder, die ich ihr noch vor einigen Monaten dran montiert hatte.

Gracey war ein richtiger kleiner Wirbelwind geworden. Sie tanzte und sang gerne, wenn sie sich unbeobachtet fühlte, genauso wie ihre Mom früher. Überhaupt schien sie immer mehr das Ebenbild ihrer Mutter zu werden und das machte mich trotz allem sehr stolz. Auch wenn Emilia und ich nach wie vor nicht das beste Verhältnis zueinander hatten, so wünschte ich meiner Kleinen keine andere Mutter. Aus dem einfachen Grund, weil es keine bessere für sie gab.

Emilia tat alles für unsere Tochter, kämpfte und boxte sich allein durch, ohne die Hilfe ihrer Eltern in Illinois ständig in Anspruch nehmen zu müssen. Es war schwer für sie gewesen, genauso wie ich damals schon gesagt hatte. Doch sie schaffte es trotzdem. Vielleicht sogar um es mir zu beweisen. Um Recht zu behalten. Und ich gönnte es ihr aus tiefstem Herzen. Denn nur so war sie das perfekte Vorbild für Gracey und ich musste mir keine Sorgen darum machen, was für ein Mensch und was für eine Frau meine Tochter später einmal werden würde. Emilia tat instinktiv immer das Richtige. Sie war die perfekte Mutter für Gracey und das Schlimme daran war, sie brauchte mich dazu kaum.

Ich war ohnehin zu selten da, hatte zu selten Zeit, um mich einmischen zu können, geschweige denn zu dürfen. Es würde alles nur unnötig kompliziert machen, wenn ich es versuchen würde, also tat ich nur das, was ich am besten konnte und was unserer Tochter und ihrer Entwicklung nicht schaden würde: Ich war ihr Dad, so gut ich konnte und schenkte ihr meine wenige, freie Zeit, so lange und so oft es mir möglich war.

Gracey verstand mittlerweile, dass ihre Mom und ihr Dad nicht wie die der anderen Kinder waren. Zum einen lebten sie nicht zusammen, zum anderen sahen die anderen Kids ihren Vater nicht ständig im Fernsehen oder hörten seine Stimme im Radio. Meine Tochter wusste, was ich beruflich machte, zumindest verstand sie zu einem gewissen Teil, weswegen ich dauernd unterwegs war. Emilia zeigte ihr oft Auftritte oder auch Interviews von mir, damit sie immer wusste, wo ich war und damit sie die Verbindung zu mir nicht verlor, egal wie lange ich sie einmal nicht sehen konnte. Dafür war ich ihr unendlich dankbar und wusste es sehr zu schätzen, dass sie das für mich und auch für Gracey tat. Mir war durchaus bewusst, was für ein Glück ich mit meiner Ex-Freundin hatte. Jede andere Frau hätte mir wahrscheinlich längst jegliches Sorgerecht für meine Tochter entzogen und würde sich gut von mir bezahlen lassen, ohne dass ich mein Kind je zu Gesicht bekam. Emilia aber war nun mal anders und das Wohl unserer Tochter war ihr wichtig, wichtiger als ihr eigenes. Sie wusste, Gracey brauchte ihren Dad, egal wie selten er auch da war. Wichtig war für sie nur, dass ich sie liebte. Und das tat ich, ich liebte meine Tochter mehr als alles andere auf dieser Welt.

»Mr. Reeves? Miss Parker lässt fragen, ob Sie Thanksgiving bei Ihrer Mutter sein werden.« Sally, meine Haushälterin und treue Seele, stand plötzlich mit dem Telefon in der Hand vor mir und sah mich mit wissendem Schmunzeln an.

Seitdem Emilia vor knapp drei Jahren zurück nach Illinois gezogen war, stand mein Haus die meiste Zeit leer. Ich hatte also keine andere Wahl, als mir jemanden zu suchen, der hin und wieder nach dem

Rechten schaute und die wichtigsten Aufgaben übernahm. Und wenn ich einmal zu Hause war, dann kam Sally trotzdem häufig vorbei, damit ich nicht ganz so allein in diesem großen Haus war. Mittlerweile war sie mir deswegen nicht nur ans Herz gewachsen, sondern war auch längst zu einer guten Freundin geworden.

»Ist Annabelle etwa gerade am Telefon?«, fragte ich und erhielt als Antwort ein stummes Nicken, weswegen ich aufstand und ihr das Telefon abnahm. »Danke, ich mach das schon.«

Mit einem weiteren Nicken und einem noch breiteren Lächeln verschwand Sally zurück ins Haus.

»Zu beschäftigt, um selbst mit mir zu telefonieren, Parker?«, trällerte ich in den Hörer und konnte mir ein Grinsen nicht verkneifen.

»Ich dachte eher, dass *du* wahrscheinlich keine Zeit hast. Außerdem wollte ich nur wissen, ob…«

»Ob ich Thanksgiving bei meiner Mutter in Underwood bin, schon klar«, unterbrach ich sie, da ich längst ahnte, was sie eigentlich von mir wissen wollte.

»Und? Bist du?« Annie schien kurz angebunden, wie so oft in letzter Zeit.

»Schon möglich«, entgegnete ich knapp, mein Grinsen verflog.

»Würdest du dann bitte ein paar Blumen bei Ben

und meinen Eltern niederlegen? Für mich?« Da war sie! Die Frage, die ich bereits erwartet hatte.

»Wieso tust du es nicht selbst?«, fragte ich enttäuscht und seufzte schwer.

»Ich bleibe in Boston dieses Jahr.« Natürlich! Was sonst?!

»Also genau wie das Jahr zuvor. Und davor… Was ist so schwer daran, Annie? Du warst schließlich schon etliche Male an ihrem Grab.«

»Es ist aber ausgerechnet Thanksgiving.«

»Ganz genau, Schneewittchen! Es ist Thanksgiving. Also schwing deinen hübschen Hintern rüber nach Underwood und leg gefälligst selbst Blumen nieder. Ich werde es jedenfalls nicht wieder für dich tun.«

Ein verächtliches Schnauben ging durch die Leitung. »Erstens, nenn mich nicht immer Schneewittchen. Meine Haare sind schon eine Weile nicht mehr so dunkel wie noch vor drei Jahren. Zweitens, ich bin bereits bei Freunden zum Essen eingeladen. Da kann ich nicht einfach absagen.«

Was für eine lahme Ausrede war das denn bitte? Hatte sie nichts Besseres auf Lager, was sie mir als vermeintlichen Grund auftischen konnte? Das war ja beinahe beleidigend! Außerdem… wen wollte sie damit eigentlich verarschen, wenn nicht sich selbst? Mich sicher nicht.

Wütend zog ich meine Augenbrauen zusammen. »Das hast du die letzten zwei Jahre auch schon behauptet und genau deshalb mache ich dieses Theater nicht mehr mit! An Thanksgiving sollte man bei seiner Familie sein, nicht bei irgendwelchen Bekannten aus der Uni. Deswegen fahre ich jedes verdammte Jahr zu meiner Mutter, das ist dir klar, oder?«

Annie seufzte leise. »Meine Freunde sind jetzt meine Familie, Jonah. Ich hab sonst keine andere mehr, falls du es vergessen haben solltest.«

»Schwachsinn!«, fuhr ich sie aufgebracht an. »Meine Mom und ich sind mehr Familie für dich als diese Leute vom College, die du kaum kennst. Und deine wahre Familie ist und bleibt für immer in Underwood...«

Stille am anderen Ende der Leitung. Ich hörte sie jetzt nicht einmal mehr atmen. Dabei war ich sicher, ich war nicht zu weit gegangen, Annie verstand sehr wohl, was ich ihr damit sagen wollte und tief im Inneren wusste sie auch, dass ich absolut Recht damit hatte.

Einige Sekunden verstrichen und ich dachte schon, sie hatte aufgelegt. Doch als ich sie im nächsten Moment schwer durchatmen hörte, wusste ich, sie würde mir und dem Thema einfach ausweichen. So wie sie es immer tat, wenn es ihr zu viel wurde.

»Ich fürchte, ich muss jetzt los, Jonah. Die Bibliothek schließt schon in zwei Stunden und ich muss noch unbedingt etwas für zwei Hausarbeiten recherchieren, die ich noch vor dem Wochenende abgeben muss, also…«

»Annabelle Parker, wenn du jetzt einfach auflegst, bevor wir dieses Thema ausdiskutiert haben, werde ich dich höchstpersönlich…«

»Ich wollte nur wissen, ob du in Underwood sein wirst und ob du für mich Blumen niederlegen könntest. Wenn du es nicht tust, auch gut. Ich muss jetzt nämlich wirklich los! Grüß deine Mutter von mir, wenn du bei ihr bist. Und… ein schönes Thanksgiving euch beiden«, unterbrach sie mich eingeschnappt und legte tatsächlich danach auf, noch ehe ich etwas darauf erwidern oder antworten konnte. Ich konnte mich nicht einmal mehr von ihr verabschieden, so schnell wie sie mich abgewimmelt hatte. Dabei wusste ich durchaus, dass sie mich nicht einmal anlog. Annie würde sogar ganz sicher jetzt noch zur Bibliothek gehen und für ihre Hausarbeiten recherchieren. Nur hätte sie das auch genauso gut noch in zehn Minuten machen können, statt mir einfach das Wort abzuschneiden und das Telefonat ohne Vorwarnung zu beenden.

Das würde sie schon bald bereuen! Denn hätte sie mich aussprechen lassen, wüsste sie nun, dass ich ihr die Sache mit Underwood an Thanksgiving dieses

Jahr auf keinen Fall durchgehen lassen würde. Annabelle war selbst Schuld und würde sich noch wundern, wenn ich plötzlich vor ihr stehen und sie entführen würde…

Zwei Jahre zuvor

»Nächster Stopp – Boston!« Beth grinste breit und zwinkerte mir auffordernd zu, als sie die nächste Stadt verkündete, in der wir einen Gig hatten. Dabei wusste sie genau, mich musste sie nicht daran erinnern, dass wir diesmal tatsächlich ausgerechnet in Boston landen würden – in der Stadt, in der sich Annie seit knapp einem Jahr vor mir versteckt hielt.

Seit dem Abend in Underwood damals – und vor allem seit dem, was im Baumhaus passiert war –, hatten wir uns nicht mehr getroffen. Scheiße nochmal, wir hatten nicht einmal miteinander gesprochen, weil sie noch immer all meine Nachrichten und Anrufe konsequent ignorierte.

Ich wusste zwar, sie wollte und brauchte Zeit. Doch ein verdammtes ganzes Jahr? Langsam hatte ich wirklich genug darauf zu warten, bis sie sich endlich wieder bereit dazu fühlte, mit mir Kontakt aufzunehmen. Ich hatte es satt, auf irgendein Zeichen von ihr zu warten, das mir sagte, dass wir es von neuem versuchen könnten. Nicht nur unsere Freundschaft, wohlgemerkt. Annie wusste genau, ich wollte schon lange mehr als das und diesmal würde ich keinen Rückzieher machen, ich würde nicht davon laufen oder wie ein Feigling den Schwanz einziehen. Diesmal nicht!

Ich wollte alles, das ganze Paket – Annabelle Parker all inclusive. Und daraus machte ich seit über einem Jahr auch keinen Hehl. Nicht Beth und den Jungs aus der Band gegenüber und auch nicht meiner Mutter, die scheinbar ohnehin seit meiner Jugend darauf wartete, dass ich dieses Mädchen eines Tages zu meiner Frau machte.

Egal was damals zwischen Annabelle und mir passiert war, egal was für Fehler ich begangen hatte – das alles war nun schon ewig viele Jahre her. Die Vergangenheit war nicht mehr zu ändern, die Zukunft jedoch schon. Selbst wenn einiges von meinem Verhalten damals sicher nicht und vielleicht sogar niemals zu entschuldigen war, so würde ich nun den Rest meines Lebens alles dafür geben, um Annie zu zeigen, wie wichtig und wertvoll sie für mich ist.

Und heute Abend… da hat die Funkstille zwischen uns endlich ein Ende. Ob sie wollte oder nicht, ob sie bereit war oder nicht – ich würde da sein! Sobald wir mit unserem neuen Tourbus in Boston ankamen, würde ich mich auf den Weg zu ihr machen und sie für ein paar Stunden entführen.

Mein Plan stand bereits seit Wochen, seitdem ich wusste, dass wir ein Konzert in Boston geben würden. Ich hatte Annie in meinen tausenden Nachrichten zuvor bewusst nichts davon geschrieben. Ich wollte sie überraschen, wollte ihre Reaktion sehen, wenn ich nach einem Jahr plötzlich vor ihr stand. Früher konnte sie mir in dieser Hinsicht nämlich nichts vormachen, ich konnte allein an ihrem Blick, an ihren Augen ablesen, was sie wirklich dachte und fühlte. Ich hoffte, so würde es auch heute noch sein...

Nachdem Fred, unser Fahrer, den Tourbus auf einem abgezäunten Parkplatz eines Luxushotels in der Bostoner Innenstadt abgestellt hatte, verlor ich keine Zeit und machte mich auf die Suche nach meiner besten Freundin.

Beth und die Jungs zogen weiter, einige von ihnen ins Hotel, um nach zwei Wochen Tour endlich wieder in richtigen Betten, statt nur im Bus schlafen zu können. Cole und Jason aber zogen heute Abend durch die Clubs, um sich auszutoben. Mir war das nur recht. So hatte ich meine Ruhe, um Annie zu finden und niemand stellte dumme Fragen, auf die sie ohnehin die Antworten längst kannten.

Mit Basecap und Sonnenbrille *verkleidet*, um nicht sofort von Fans erkannt zu werden, zog ich durch die Dämmerung zum Campus von Annies College. Ich wusste, sie lebte dort in der Nähe in einem der Wohnheime mit ein oder zwei Mädchen zusammen. Wo oder in welchem genau, hatte ich jedoch keinen Schimmer. Den brauchte ich allerdings auch gar nicht, denn ich hatte einen Lockvogel, der Annie bereits vor Stunden geschrieben hatte, sie solle gegen zwanzig Uhr draußen vor ihrem Wohnheim auf sie warten: Beth.

Meine Managerin und gute Freundin hatte nach wie vor Kontakt zu Annabelle und hatte ihr unter einem Vorwand eine Nachricht geschrieben, sie wäre heute in der Nähe von Boston und sie würde sich freuen, wenn sie sich sehen und einen Kaffee trinken gehen würden. Nur dass statt Beth jetzt ich hier stand und Annie bereits von weitem vor ihrem Wohnheim beobachten konnte, wie sie ungeduldig und scheinbar auch nervös auf ihrem Handy herumtippte.

Nach einem Jahr sah sie kaum verändert aus. Die Haare, noch immer so dunkel, dass sie mich an Schneewittchen erinnerten, trug sie zu einem losen und etwas unordentlichen Dutt zusammengebunden. Dazu einen für ihre Figur viel zu übergroßen Sweater mit der Aufschrift *Harvard Medical School*, der mich unweigerlich stolz lächeln ließ.

Annabelle hatte es geschafft. Sie studierte in Harvard, das, wovon sie schon als kleines Mädchen geträumt hatte. Zwar hatte sich ihr Fachgebiet verändert, doch welche Rolle spielte das schon? Statt Chirurgin zu werden, wollte sie Menschen auf andere Weise helfen. Sie wollte in die Forschung – Molekulare Biomedizin. Damit Krebs und andere tragische oder gar tödliche Krankheiten irgendwann vielleicht vollständig heilbar waren.

Ein Stipendium ermöglichte ihr das alles, was sie vorher nie zu glauben wagte. Zwar hatte ich ihr damals angeboten, alles zu bezahlen, wenn es nötig gewesen wäre, doch selbstverständlich lehnte sie ab und tat alles dafür, um in das Stipendienprogramm aufgenommen zu werden. Jetzt war sie seit etwas mehr als einem halben Jahr dabei und offenbar mächtig stolz darauf. Genauso wie ich.

»Der Harvard-Schriftzug steht dir, Sommersprosse. Nur der Pullover dazu ist ein paar Nummern zu groß, fürchte ich.« Grinsend blieb ich direkt vor ihr stehen und zog die dämliche Sonnenbrille ab, nachdem ich mich unbemerkt und leise an sie herangeschlichen hatte.

Annies Kopf schoss nach oben und ihre Augen weiteten sich vor Schock, als sie mich erkannte. »Jonah?«

Ich lachte. »Wie er leibt und lebt.«

»Was zum Teufel machst du hier?«, fragte sie fassungslos und musterte mich einen Moment, um sich zu vergewissern, dass ich tatsächlich gerade vor ihr stand.

»Ich freue mich auch, dich wiederzusehen«, entgegnete ich schmunzelnd und schob mir vor lauter ungewohnter Nervosität die Hände in die Hosentaschen.

Annie runzelte die Stirn und starrte mich einige Sekunden lang nur sprachlos an. Bis ihr scheinbar etwas bewusst wurde, weswegen sie schwer und tief seufzte. »Lass mich raten, Beth wird nicht kommen, hab ich Recht? Das hatte sie auch gar nicht vor.«

Entschuldigend zuckte ich mit den Schultern. »Tja, wenn du nie auf meine Anrufe und Nachrichten reagierst… Was hätte ich sonst tun sollen, deiner Meinung nach?«

»Es irgendwann vielleicht einfach aufgeben?«, schoss sie augenblicklich schlagfertig zurück.

»Niemals! Du kennst mich.« Erneut setzte ich mir das breite Grinsen auf und zwinkerte ihr zu. Statt mich über ihre Reaktion, mich nach über einem Jahr endlich wiederzusehen, aufzuregen, freute ich mich einfach nur bei ihr sein zu können. Denn erst jetzt merkte ich so richtig, wie sehr ich sie eigentlich vermisst hatte und wie unsagbar stark meine Sehnsucht und mein Verlangen nach ihr waren.

Annie sah wahnsinnig gut aus. Selbst in diesem eher locker-chaotischen Collegelook. Ich wollte sie auf der Stelle küssen, wollte sie in meine Arme ziehen und nicht mehr loslassen. Doch das alles tat ich nicht. Ich wusste, ich musste aufpassen und vorsichtig mit dem sein, was ich nun tat oder sagte. Auf keinen Fall wollte ich sie für ein weiteres Jahr verlieren. Das sah Annie aber offenbar anders.

»Wieso bist du hier, Jonah? Es hat einen Grund, warum ich mich nicht bei dir melde.«

Mit angespanntem Kiefer biss ich die Zähne zusammen. »Der Grund ist mir langsam aber sicher egal, Annie. Es ist jetzt über ein Jahr her, du hattest genug Zeit und Abstand zu mir.«

Meine Freundin kniff die Augen leicht zusammen. »Nur weil du das so empfindest, heißt das noch lange nicht, dass ich das auch so sehe.«

»Beth tut es aber. Und die Jungs ebenso. Meine Mutter erst recht«, knurrte ich ungeduldig, doch Annabelle runzelte abermals die Stirn.

»Du... Was?!« Verwirrt starrte sie mich an. Vielleicht auch ein wenig entsetzt. Möglicherweise sogar verärgert. Ihr schien es nicht recht, dass ich mit meinen Freunden und auch mit meiner Mutter über sie und meine Gefühle zu ihr sprach. Selbst schuld! Sie war es, die sich nicht ein einziges Mal bei mir gemeldet hatte. Sie ließ mich zappeln und das sogar ganz bewusst. Jetzt musste sie eben die Konsequenzen daraus tragen.

»Ist auch egal, ob du protestierst oder dich wehrst, ich werde dich jetzt einfach für ein paar Stunden entführen und danach werden wir sehen, ob du noch mehr Zeit und Abstand brauchst. Einverstanden?«, versuchte ich dennoch etwas einzulenken, damit sie sich mir gegenüber nicht wieder verschloss oder gar abhaute und mich hier stehen ließ wie einen Idioten.

Annie atmete tief durch und sah dann unentschlossen an sich hinunter. »Ich bin davon ausgegangen Beth zu treffen. Wie du siehst, habe ich mich nicht großartig herausgeputzt, um ausgerechnet mit dir irgendwo hinzugehen, also…«

»Für das, was ich vorhabe, reicht es allemal.« Grinsend sah ich sie erwartungsvoll an, bevor ich einfach nach ihrer Hand griff und sie hinter mir herzog.

»Was?! Jonah! Stopp! Nein, ich kann doch nicht…« Unsicher sah sie sich nach allen Seiten um, während sie neben mir her stolperte. Dennoch ließ sie meine Hand nicht los, sondern folgte mir, statt sich von mir loszureißen.

Erst als wir bereits kurz vor unserem Ziel waren, das Gott sei Dank nur wenige Gehminuten vom Campus entfernt lag, wunderte sie sich. »Wo zum Henker gehen wir hin? Du kennst dich doch in dieser Stadt gar nicht aus.«

Schulterzuckend sah ich zu ihr rüber und lächelte zufrieden. »Muss ich auch nicht. Wir gehen einfach zurück zum Bus.«

»Zum Bus? Was denn für ein Bus?«

»Unser neuer, schicker Tourbus natürlich! Beth und Mark sind im Hotel, soweit ich weiß. Die brauchten mal eine Nacht für sich allein, schätze ich. Und die anderen sind unterwegs.« Ich versuchte wirklich mir das anzügliche Grinsen zu verkneifen. Es gelang mir nur leider nicht, als ich ihrem nervösen Blick begegnete.

»Also werden wir dort ganz allein sein?«

Schnell schleuste ich sie mit meinem VIP-Ausweis am Parkplatzwächter vorbei und deutete nickend zu unserem neuen Tourbus. »Und ob wir allein sein werden! Hast du etwa Angst davor, Schneewittchen?«

Annie klappte unweigerlich der Mund auf, als sie vor dem riesigen, schwarzen Bus stand, auf dem eine silbergraue Aufschrift meinen Namen zeichnete. »Scheiße, ist das beeindruckend! Warum hattet ihr das Teil nicht schon, als ich noch mit auf Tour war? Das ist ja der helle Wahnsinn!«

Ich lachte amüsiert. »Warte erst, bis du es von Innen siehst.«

Mit einer speziellen Chipkarte, die den Bus entriegelte, öffnete ich die Tür und ließ Annabelle neugierig die wenigen Stufen hinauf gehen. Drinnen war es komfortabel und überraschend geräumig. Im Gang in der Mitte hatte man genug Platz, während sich an beiden Seiten mehrere bequeme Sitzecken aus feinstem Leder reihten. Dazu auf der linken Seite eine Art Küche, auf die Beth bestanden hatte und natürlich die ersten ebenso geräumigen Schlafkabinen.

Annie staunte nicht schlecht, als ich ihr zeigte, wo die Jungs tagtäglich schliefen. Noch mehr staunte sie aber über die zwei winzigen Räume am hinteren Ende des Busses. Wir nannten sie: Die Suites. Weil sie einem kleinen Schlafzimmer gleichkamen. Beth und Mark bekamen die linke Suite, ich die rechte. Denn darin hatte ich selbst während der Fahrt zum nächsten Gig meine Ruhe und konnte sogar hin und wieder an einigen Songs schreiben, was für unsere Zukunft unabdingbar war.

Als ich Annabelle bat sich zu setzen, nachdem wir wieder zurück im vorderen Teil des Busses waren und neben einer der Sitzecken standen, drehte sie sich zu mir um und sah mich eindringlich an. Ihr Blick spiegelte Unsicherheit und noch etwas anderes, das ich nicht zu deuten vermochte.

»Was machen wir hier, Jonah? Ich meine, wieso bist du gekommen?« Statt sich zu setzen, kam sie mir etwas näher und betrachtete mein Gesicht mit solch einer Sorgfalt und Konzentration, dass ich unweigerlich schwer schlucken musste. War sie wütend, dass ich gekommen war? War sie erleichtert? In diesem Moment glaubte ich, es war beides zugleich.

»Wir haben hier morgen einen Gig, das hab ich doch schon erzählt, oder etwa nicht?«

»Du weißt genau, was ich meine«, bohrte Annie jedoch weiter und wirkte dabei mit jeder weiteren Sekunde, die wir so nah beieinander standen, immer ungeduldiger und nervöser.

»Ich wollte dich sehen, Annabelle. Ich musste einfach!«, sagte ich mit heiser Stimme und spürte, wie mein Widerstand gegen das, was richtig wäre im Vergleich zu dem, was ich in diesem Moment wirklich wollte, immer stärker zu bröckeln begann. Dafür war sie mir einfach zu nah und ihre Lippen zu einladend, als dass ich mich noch länger zurückhalten könnte, wenn sie nicht endlich etwas Abstand zwischen uns brachte.

Annie tat mir den Gefallen jedoch nicht. Stattdessen hörte ich sie plötzlich schwer und langsam atmen, als sie ihre Hände an meine Brust legte und mich verzweifelt ansah. »Das hättest du besser nicht tun sollen, Jonah.«

»Warum nicht? Weil es so für dich einfacher war, mich zu vergessen?«, fragte ich verbittert.

Annie schüttelte den Kopf und lächelte kapitulierend. »Weil es einfacher war, das hier nicht zu tun«, hauchte sie plötzlich gegen meine Lippen und küsste mich. Zuerst ganz vorsichtig und sanft, doch als sie merkte, dass ich mich genauso sehr danach gesehnt hatte wie sie, wurde der Kuss immer inniger und tiefer.

Erlösend stöhnte ich in ihren Mund hinein, als sie ihn erwartungsvoll für mich öffnete und ich ihren zierlichen Körper an mich presste. Verdammt, es fühlte sich unbeschreiblich an. Unbeschreiblich gut. Und so verflucht richtig! Als wären ihre Lippen nur für meine gedacht und ihr Körper gehörte zu meinem.

Mit nur einer schnellen Handbewegung öffnete Annie den unordentlichen Dutt und ließ ihre langen Haare offen über ihre Schultern fallen, als sie sich für einen kurzen Moment von mir löste. Ihr Blick war dunkel und voller Lust, so sehr, dass es mich wahnsinnig machte.

In diesem Augenblick war uns beiden vollkommen egal, wo wir waren oder ob uns jemand dabei erwischen konnte, es war uns egal, wie es dazu gekommen war oder was danach aus uns werden würde. Es zählten nur der Moment und das, wonach wir uns sehnten. Und genau das… nahmen wir uns. Wie zwei hungrige Wölfe auf Beutejagd.

2
Annabelle

Endlich Freitagnacht! Ich hatte das Gefühl, ewig darauf warten zu müssen nach dieser endlos harten Woche. Nicht nur dass im Labor nichts, aber auch wirklich gar nichts so klappen wollte wie es sollte, auch die Abgabe der beiden Hausarbeiten für Biomedizin und Biochemie zerrte unglaublich an meinen Nerven in den letzten Tagen. Ich dachte schon, ich würde es niemals schaffen sie fertigzustellen. Zumindest nicht so, dass ich zufrieden damit war.

Jetzt aber schien bis Montag erst einmal alles

vorbei und vergessen. Keine Hausarbeiten, kein Labor, keine Seminare und damit auch endlich keine schlaflosen Nächte mehr. Heute Abend wollte ich einfach nur Spaß haben, feiern und am nächsten Morgen ausschlafen. Genau das, was auch meine Mitbewohnerin Hayden, die mit mir zusammen molekulare Biomedizin studierte, für heute Nacht geplant hatte.

Zusammen mit zwei weiteren Freundinnen gingen wir in einen neuen, angesagten Club in der Nähe des Campus. Kein Wunder also, dass es hier nur so von Studenten wimmelte, als wir endlich am Türsteher vorbei ins Innere huschten, aus dem es bereits ohrenbetäubend laut nach elektrischen Klängen hallte. Eigentlich nicht unbedingt meine Musik, doch zum Spaß haben und einen Abend lang loslassen reichte es vermutlich.

»Gefällt mir hier«, schrie Vicky über die Housemusik hinweg zu Hayden und mir hinüber, nachdem sie einige nicht ganz unansehnliche Kerle an der Bar entdeckte. Mir war das egal. Männer waren nicht gerade das, was ich zurzeit gebrauchen konnte. Ich war weder auf der Suche nach ihnen, noch hatte ich nach Jonah tatsächlich einen anderen gehabt. Wozu auch? Ich hatte alles, was ich wollte. Ich studierte in Harvard und tat genau das, was ich liebte. Auch wenn es manchmal echt hart und anstrengend war, ich würde es dennoch gegen nichts auf der Welt eintauschen wollen. *Nichts außer meinen Bruder…*

Ben fehlte mir nach wie vor. Jeden verdammten Tag! Und ich wünschte mir, er würde all das mit mir gemeinsam erleben können. Ich wünschte, er könnte sehen, was aus mir geworden ist und dass ich es schaffte meinen Traum zu leben. Es würde ihn glücklich machen, dessen war ich mir sicher. Doch vielleicht schaute er mir tatsächlich aus den Sternen zu, so wie Jonah immer sagte? Zumindest tröstete mich dieser Gedanke ein wenig.

»Hör auf so ein Gesicht zu machen, Parker! Wir sind hier, um Spaß zu haben und zu trinken, also runter mit dem Zeug. Du hängst schon zwei Drinks hinterher.« Grinsend drückte Hayden mir einen hochprozentigen Shot in die Hand und wartete darauf, dass ich ihn in einem Zug herunterstürzte. Ich tat es ohne Widerspruch. Denn sie hatte absolut Recht, wir waren hier, um den Alltag hinter uns zu lassen und Spaß zu haben. Erinnerungen an Ben oder jemand anderen waren also absolut fehl am Platz und mussten auf der Stelle aufhören.

Mit noch leicht verzogenem Gesicht vom letzten Shot griff ich entschlossen zum nächsten, der, wie noch vier weitere, auf einem großen Tablett an unserem Stehtisch stand. Tief holte ich Luft und kippte auch ihn weg als wäre es nur Wasser.

Dieses Ritual wiederholten die Mädels und ich…

weiß Gott wie oft. Denn nach nicht einmal zwei Stunden wusste ich schon gar nicht mehr, wie die Drinks überhaupt immer wieder an unseren Tisch kamen, geschweige denn, wer sie bezahlte. Dennoch war ich nicht betrunken – noch nicht zumindest. Jedoch bereits auf einem gewissen Level, bei dem ich mich nicht mehr mit diesen dämlichen, hohen Schuhen auf die Tanzfläche traute.

Ich wusste wie viel ich vertrug und deswegen stieg ich bereits bei der letzten Runde lieber brav auf Wasser um, bevor mich noch eine meiner Freundinnen an irgendeinen dubiosen Typen von der Bar verkauften.

»Heilige Scheiße, Mädels, seht euch mal den an!«, stieß Hayden plötzlich leicht lallend aus, als ich gerade zum gefühlt hundertsten Mal auf mein Handy starrte und Jonahs eingehenden Nachrichten ungelesen löschte. Ich wollte nicht an ihn denken. Und erst recht wollte ich nicht wissen, warum er mich seit Stunden wie ein Irrer volltextete.

»Liegt das an mir oder sieht der Typ ihm wirklich zum Verwechseln ähnlich?«, hörte ich Gabrielle fragen und wurde neugierig.

»Wer sieht wem ähnlich?«, fragte ich verwirrt, da ich während des Löschens von Jonahs Nachrichten kaum zugehört hatte, worüber sich meine Freundinnen unterhielten.

»Der sieht doch aus wie Jonah Reeves!«, kreischte Vicky auf einmal zu uns herüber und ich zuckte augenblicklich zusammen. Hatte ich mich verhört? Vermutlich! Schließlich hatte ich eben noch an ihn gedacht, da war das sicher nur Einbildung. Dennoch schaute ich verunsichert auf, folgte den Blicken meiner Freundinnen und erstarrte vor Schreck zur Salzsäule, als ich in Richtung der Menschentraube sah, die sich wie das Meer vor Moses Füßen plötzlich zu teilen begann, aus dessen Mitte tatsächlich ein zufrieden grinsender Rockstar geradewegs auf mich zulief.

Was zum – ?

»Ladies.« Jonah zwinkerte meinen Freundinnen kess zu, als er direkt vor mir stehen blieb und mich anschließend von oben bis unten ausgiebig musterte.

»Jonah?!«, quetschte ich zwischen zusammengebissenen Zähnen hervor und starrte ihn finster nieder. Was zum Teufel machte er hier? Ich hatte ihn nicht um einen Besuch gebeten! Schon gar nicht an diesem Wochenende.

»Annabelle.« Jonah lächelte ein Siegerlächeln, das mich skeptisch die Stirn runzeln ließ. Dieser Kerl hatte doch wieder einmal etwas vor, ich konnte den Braten längst riechen. Die Frage war nur, was heckte er diesmal aus?

Nach Luft schnappend hörte ich meine Freundinnen neben mir laut tuscheln, bis mich eine von ihnen vor Unglauben kopfschüttelnd anschaute. »Wartet mal! Ihr kennt euch?«

Jonah lachte belustigt auf. »Oh, und ob wir uns kennen! Annie und ich kennen uns seit unserer Kindheit sogar, nicht wahr, Sommersprosse?«

Entschuldigend verzog ich das Gesicht und widerstand dem Drang die Augen zu verdrehen, als Hayden und Vicky der Mund gleichzeitig aufklappte und sie Jonah anstarrten, als wäre er vom anderen Planeten. War er vermutlich auch, so verdammt gut, wie er heute wieder einmal aussah!

»Scheiße Annie, wie konntest du uns all die Jahre verschweigen, dass du den verdammten Jonah Reeves kennst?«, quietschte Gabrielle mit deutlich zu hoher Stimme, als es vermutlich gesund für sie war.

Ihre Frage ignorierend blickte ich zu dem Blödmann vor mir und schnaubte. »Was zum Teufel machst du hier und wie hast du mich überhaupt gefunden?«, fragte ich wütend und konnte noch immer nicht fassen, dass er tatsächlich hier war. In einem Club! In Boston! In dem es nur so von weiblichen Fans und Studenten wimmelte, die ihm gleich um den Hals fallen könnten.

Jonah schien das aber nicht sonderlich zu interessieren. Mit zufriedenem Grinsen auf den Lippen zuckte er mit den Schultern. »Deine Mitbewohnerin Mary-Louise hat gesagt, ich würde dich hier finden.«

»Du warst in unserem Wohnhaus?«, platzte es entsetzt aus mir heraus. War er vollkommen lebensmüde?

Meine Kommilitonin neben mir begann zu hyperventilieren. »Gott im Himmel, ich glaube, ich falle gleich um! Annie, das ist verdammt nochmal Jonah Reeves. Jonah. Reeves! Und er war in *unserem* Wohnheim!«

Wütend funkelte ich sie an. »Reiß dich mal zusammen, Vicky, das ist auch nur ein Typ wie jeder andere.«

»Allerdings attraktiver und reicher als die meisten«, ergänzte Jonah mit selbstsicherem Lächeln und zwinkerte meinen Freundinnen erneut zu, die daraufhin beinahe gleichzeitig schmachtend zu seufzen begannen.

»Du hast meine Frage noch nicht beantwortet, Reeves! Was tust du hier?«, versuchte ich es erneut und ignorierte die Blicke der anderen, die mich gerade anstarrten, als wäre ich vollkommen verrückt geworden, so mit diesem Superstar zu reden.

»Ich hab dich vor ein paar Tagen am Telefon ja warnen wollen, aber dann hast du einfach aufgelegt, also…«

»Also?«, fragte ich verständnislos und wurde langsam ungeduldig.

»Hier bin ich. Und ich werde nicht ohne dich

nach Underwood fahren.«

Bitte, was? »Ist das dein Ernst? Es geht hier um das verdammte Thanksgiving?«

Jonah grinste nickend, während Hayden, meine andere Mitbewohnerin und Freundin, ungläubig nach Luft schnappte. »Hat er sie gerade allen Ernstes zum Thanksgiving zu sich nach Hause eingeladen?«, fragte sie die anderen Mädels fassungslos. Ich verdrehte meine Augen.

»Oh, das war keine Einladung, Ladies. Das ist eine Ansage. Ich werde sie mitnehmen. Und wenn ich sie dazu packen und über meine Schulter werfen muss«, verkündete Jonah drohend und mit teuflischem Lächeln, das mich automatisch einen Schritt rückwärts stolpern ließ.

»Du spinnst doch«, beschloss ich kopfschüttelnd und suchte bereits nach einem schnellstmöglichen Weg unauffällig zu verschwinden.

Jonahs Augen funkelten angriffslustig, als er meinen leicht panischen Blick bemerkte. »Und du hast dich schon viel zu lange vor mir versteckt, nachdem wir beim letzten Mal wieder nur im Be…«

»Klappe, Cowboy!«, fuhr ich ihm schnell dazwischen und funkelte ihn warnend an. »Du weißt genauso gut wie ich, dass es ein Versehen war. Ein Ausrutscher, nichts weiter«, behauptete ich und schaute verunsichert zu meinen Freundinnen, in der Hoffnung, sie hätten die Andeutung von Jonah nicht verstanden.

»Sicher doch, Schneewittchen. Was immer du sagst. Genauso wie die anderen Male in den letzten zwei Jahren, als wir…«

Drohend hob ich meinen Finger und bohrte ihn in seine Brust. »Noch ein Wort und ich mache die ganze Bar auf dich aufmerksam, Reeves. Und du weißt, das wird nicht gut für dich und dein berühmtes Rockstar Gesicht ausgehen. Schließlich wimmelt es hier nur so von willigen und angetrunkenen Studentinnen, die nur ein Mal in ihrem Leben von einem echten Superstar angegrapscht werden wollen.«

Jonah lächelte siegessicher. »Ich halte meinen Mund, wenn du jetzt schön brav mitkommst und mit mir nach Underwood fährst. Meine Mom weiß schon Bescheid, dass du sie mit mir gemeinsam besuchen wirst und freut sich auf dich.«

»Das ist Erpressung!«, zischte ich protestierend.

»Und trotzdem ist es das Richtige.«

Mein bester Freund und ich starrten uns einige Sekunden mit leicht zugekniffenen Augen an und lieferten uns damit direkt vor meinen Freundinnen ein Blickduell, das niemand von uns verlieren wollte.

»Weiß irgendjemand, um was es hier genau geht?«, hörte ich Hayden irgendwann die anderen beiden Mädels fragen, doch keiner von ihnen schien eine plausible Antwort darauf zu finden.

Jonah wurde langsam ungeduldig. »Kommst du jetzt mit oder muss ich dich tatsächlich quer über die Schulter werfen und raustragen?«

»Du bist wirklich unglaublich, weißt du das eigentlich?«

Er grinste wissend. »Ich erinnere mich zumindest sehr gut an das letzte Mal, als du mir das gesagt hast. Können wir gern wiederholen, wenn du bereit dazu bist.«

Arsch! Wieso musste er mich ständig daran erinnern? Ich wusste selbst, dass es beinahe bei jedem unserer Treffen dazu kam, dass wir zusammen im Bett landeten. Oder in seinem Tourbus. Oder im Hotel. Oder… ach, wo auch immer wir es bereits getrieben hatten, verdammt! Es passierte einfach zu oft. Zu oft dafür, dass ich doch eigentlich nicht mehr als Freundschaft von ihm wollte. Und genau deswegen hasste ich mich dafür. Es machte mich wütend, dass ich ihm selten widerstehen konnte, auch wenn ich es doch eigentlich besser wusste. Dennoch spielten jedes Mal meine Hormone verrückt, sobald er mir zu nahe kam. Das musste unbedingt aufhören!

Und doch wusste ich, ich würde Jonah jetzt nicht mehr los werden, egal wie lange ich Widerstand leisten würde. Solange er nicht das bekam, was er wollte – mich nämlich nach Underwood zu entführen –, solange würde er mich weiter nerven und belagern. Geschweige denn, dass ich ihm durchaus zutraute, dass er mich irgendwann tatsächlich einfach quer über seine Schulter warf und mich wie ein Höhlenmensch aus dem Club hinaustrug.

Resigniert seufzte ich auf. »Ist gut, ich komme mit! Aber vorher muss ich nochmal zurück zum Wohnheim und ein paar Sachen zusammenpacken.«

Jonah schüttelte den Kopf. »Nicht nötig, hab ich schon alles erledigt vorhin.«

»Wie bitte?«, fragten meine Freundinnen und ich gleichzeitig.

»Keine große Sache, deine Mitbewohnerin hat mir dabei geholfen.«

Fassungslos starrte ich den Rockmusiker vor mir an und wusste absolut nicht, was zum Henker ich dazu sagen sollte. Deswegen fackelte Jonah auch nicht länger, sondern griff fest nach meiner Hand und nickte meinen Freundinnen zur Verabschiedung noch einmal kess lächelnd zu, bevor er begann mich quer durch die Menge hinter sich herzuziehen und ich völlig hilflos und entschuldigend nach hinten zu meinen Freundinnen schaute.

»Parker, du schuldest uns allen eine dicke, richtig ausführliche Erklärung, wenn du wieder hier bist. Das ist dir klar, oder?«, hörte ich Hayden noch rufen, doch erkannte sie in der Menge schon nicht mehr, als

Jonah und ich uns dem Ausgang näherten und mir plötzlich die unzähligen, neugierigen Blicke auffielen, die auf meinem Freund und mir lagen.

Unbehagen stieg in mir auf, weswegen ich mich unauffällig an Jonah klammerte. »Lass uns schnell abhauen, bevor doch noch der ganze Club auf dich aufmerksam wird.«

»Hast du etwa Angst um mich, Sommersprosse?«, hörte ich ihn in mein Ohr belustigt raunen, während er mir die Tür zur Freiheit aufhielt und wir nur einem Augenblick später draußen vor einem kleinen Parkplatz standen.

»Es wäre schade um dieses hübsche Gesicht«, zog ich ihn auf und zog eine Grimasse.

»Nur um das Gesicht? Hab ich denn nicht mehr zu bieten als das?«, empörte Jonah sich gespielt, musste aber deutlich grinsen.

»Nichts, um das ich mir Sorgen machen müsste«, entgegnete ich schulterzuckend und blieb einen Moment vor seinem Wagen stehen, bis er ihn aufgeschlossen hatte.

»Autsch!« Jonah legte sich breit grinsend, von meiner Aussage getroffen, eine Hand auf die Brust, während ich lachend den Kopf schüttelte und wir anschließend einstiegen.

»Schnall dich an«, forderte Reeves rau, nachdem er zwar den Motor gestartet hatte, jedoch nicht losgefahren war.

»Und wenn ich nicht will?« Herausfordernd grinste ich ihn an. Ich war noch immer auf Protest und auch noch leicht auf Krawall gebürstet, nachdem er mich eben im Club so überrumpelt hatte. Vielleicht aber war es auch einfach nur der Alkohol, der noch nachwirkte. Vermutlich sogar.

»Schnall dich an, Parker, sonst muss ich es tun«, drohte Jonah und ich war nicht sicher, ob er es tatsächlich ernst meinte.

»Das ist doch wirklich lächerlich! Ich bin kein kleines Kin…« Die Worte blieben mir regelrecht im Halse stecken, als sich Jonah plötzlich direkt über mich beugte, den Gurt fest um meinen Oberkörper zog und ihn mit einem leisen Klicken am anderen Ende befestigte. Dabei war er mir so nah, dass ich seinen warmen Atem an meinen Lippen spürte.

Ein unaufhaltsam angenehmes Kribbeln breitete sich in meinem Magen aus, während ich ihn intensiv und voller Bewunderung von der Seite musterte. Jonah sah unverschämt gut aus. Nach all den Jahren hatte er sich kaum verändert. Sein Gesicht schien zwar ein wenig kantiger als früher, doch das konnte genauso gut an dem leichten Bartschatten auf seinen Wangen und an seinem Unterkiefer liegen. Was jedoch neu war, waren die kleinen, schmalen Fältchen um seine Augen und an seiner Stirn. Ich liebte sie, je mehr es wurden.

Mit amüsiertem Schmunzeln auf den Lippen bemerkte Jonah meine ausgiebige Musterung seines faszinierend schönen Gesichts und fuhr langsam los. »Du kannst ein wenig deinen Rausch ausschlafen, wenn du willst. Die Fahrt wird einige Stunden dauern.«

Von wegen Rausch! »Ich bin nicht betrunken«, widersprach ich trotzig.

»Und ich bin *nicht* der Weihnachtsmann. Du musst mich also nicht belügen, um das zu bekommen, was du willst.« Grinsend warf er mir einen kurzen Seitenblick zu und ich wusste, er wollte mich nur wieder einmal necken. Dennoch sprang ich auf seine Provokation an, was bedeutete, ich musste vermutlich doch betrunken sein.

»Was will ich denn, deiner Meinung nach?«, fragte ich herausfordernd, auch wenn ich wusste, das war eine ganz blöde Idee.

»Mich. Gleich hier auf dem Rücksitz«, behauptete Jonah selbstzufrieden lächelnd und meinte es auch noch todernst. »Ich hab genau gesehen, wie du die Rückbank inspiziert hast, als du eingestiegen bist.« Belustigt lachte er auf, als er mich grinsend die Augen verdrehen sah.

»Ich glaube, ich gehe doch lieber schlafen.«

»Braves Mädchen.« Jonah zwinkerte mir grinsend

zu und griff kurz zur Rückbank, von der er mir ein kleines Reisekissen entgegen schmiss. »Hier, damit geht es besser, als sich den Kopf im Schlaf an der Scheibe anzuschlagen.«

»Du bist verrückt, Jonah Reeves. Wirklich verrückt!« Schmunzelnd machte ich es mir in meinem Sitz gemütlich, kuschelte meinen müden und leicht angetrunkenen Kopf an das Kissen und betrachtete ihn solange von der Seite, bis ich in einen ruhigen und tiefen Schlaf fiel.

Zehn Jahre zuvor

Ich wusste es. Ich wusste, ich hätte nicht mitkommen und mich von diesen Menschen dazu überreden lassen sollen. Ich wusste es, weil Ben mich noch davor gewarnt hatte. Er wusste schließlich ohnehin immer alles besser. Deswegen hätte ich auf ihn hören müssen. *Hätte!* Tat ich jedoch natürlich nicht. Denn ich war offensichtlich wieder einmal zu stolz, um mir einzugestehen, dass mein großer Bruder Recht hatte mit seiner Vermutung. Diese Leute da draußen am Lagerfeuer waren nicht meine Freunde. Sie würden es auch niemals werden.

Hannah hatte mich zu diesem blöden Campingtrip überredet. Ihr neuer Freund Scott, der zusammen mit Jonah und Ben in einer Jahrgangstufe war, hatte das alles organisiert. Zusammen mit seinen Freunden, die sich nun allesamt als totale Vollidioten und verstrahlte Snobs herausstellten, wollten sie unweit von Underwood an einem kleinen See campen. Nur über das Wochenende.

Zuerst dachte ich, das könnte wirklich witzig werden. Vor allem zusammen mit Hannah. Leider übersah ich dabei jedoch das Offensichtliche. Diese Typen waren riesengroße Arschlöcher, die den ganzen Tag lang nur Bier soffen und sich anschließend noch die Birne zudröhnten.

Ich war doch tatsächlich mit dämlichen Kiffern unterwegs! Mitten im Nirgendwo und ohne eine Möglichkeit, hier wieder allein wegzukommen.

Seit Stunden verkroch ich mich schon in meinem und Hannahs Zelt, das sie scheinbar sowieso nicht nutzen und stattdessen lieber bei Scott schlafen wollte. Ich fragte mich wirklich, wie es mit meiner Freundin so weit kommen konnte. Nicht nur, dass es ihr egal war, was für unglaubliche Idioten diese Typen da draußen waren, es war ihr auch egal, dass sie Drogen nahmen. Verdammt nochmal, das war illegal! Und gesund schon gar nicht.

Ob Ben davon wusste? Hatte er mich deswegen gewarnt, mit Scott und seinen Freunden wegzufahren? Oder mochte mein Bruder die Jungs nur nicht und würde ihnen die Hölle heiß machen, würde er erfahren, dass sie in meiner Gegenwart kifften wie die Verrückten? Ich war mir nicht sicher.

Sicher war nur, dass jeder von diesen Idioten bisher die Finger von mir gelassen hatte. Nicht einmal eine kurze Umarmung hatte ich heute Morgen, als wir aufgebrochen waren, erhalten, aus Angst, Ben oder Jonah würden ihnen dafür in die Eier treten. Verdient hätten sie es, wenn auch eher für andere Dinge.

Mühevoll schluckte ich den schweren Kloß in meiner Kehle hinunter und unterdrückte die Tränen, die meine Augen brennen ließen, als ich an meinen besten Freund und meinen Bruder dachte. Ich war nicht einmal einen Tag von ihnen getrennt und schon vermisste ich sie wie verrückt. Aber nicht nur das! Ich wünschte mir einfach, sie wären jetzt hier und ich würde mich nicht mehr so allein und verlassen fühlen.

Niemanden von den Leuten da draußen, Hannah eingeschlossen, interessierte es, wie es mir ging oder dass ich mich so gar nicht wohlfühlte. Ich wollte nach Hause! Ich wollte… zu Jonah.

Erstickt schluchzte ich einmal leise auf und wischte mir die ersten Tränen von der Wange, als mir bewusst wurde, wie unglaublich dumm ich eigentlich war. Statt einfach das Wochenende bei meinen echten, meinen wahren Freunden zu bleiben, nämlich bei meinem großen Bruder und seinem besten Freund, machte ich mir Hoffnung, ich könnte dank Hannah sogar ein paar neue Freunde finden. Als ob mir Ben und Jonah nicht genügten… War für eine beschissene Lüge! Mehr als diese Beiden hatte ich noch nie gebraucht, wenn ich ehrlich war. Sie waren alles für mich! Was also wollte ich mehr? Ich war so eine unglaubliche Idiotin!

Tief durchatmend wischte ich mir erneut die stummen Tränen aus dem Gesicht und griff zu meinem Handy. Wenn ich schon nicht bei ihnen sein konnte, wollte ich wenigstens das Gefühl haben, ich wäre es, also wählte ich die Nummer, die ich selbst im Schlaf auswendig konnte.

Es klingelte nur zwei Mal, dann hörte ich die Stimme, die mich augenblicklich in die Wärme hüllte, die ich gerade so dringend brauchte. »Sommersprosse, es ist mitten in der Nacht. Was ist los, ist was passiert, soll ich vorbeikommen?«

Ich lächelte erleichtert. »Was machst du gerade?«

»Was?! Was denkst du denn, was ich mache? Ich… Warte, wo steckst du gerade? In deinem Zimmer brennt kein Licht. Nicht einmal die kleine Nachtleuchte, die du so sehr liebst.«

»Woher…?«, wunderte ich mich leise, jedoch nur

den Bruchteil einer Sekunde, bevor es mir klar wurde. »Jonah Reeves, stalkst du mich etwa?«

»Nicht mehr als sonst«, meinte mein bester Freund nur trocken, »Also… Wo bist du? Und wieso zur Hölle flüsterst du? Hast du irgendetwas ausgeheckt? Denn wenn es so ist, schwöre ich, wird mir Ben dafür den Kopf abreißen, wenn ich…«

»Er hat dir nicht gesagt, wo ich bin?«, unterbrach ich ihn überrascht, doch dann fiel mir wieder ein, dass Ben die letzten Tage ohnehin ziemlich abgelenkt schien. Von Stacey, dieser dämlichen Kuh! Vermutlich hatte er es deswegen vergessen, Jonah zu erzählen. Ich konnte es nicht mehr tun, so schnell und spontan wie Hannah, die Idioten und ich heute früh aufgebrochen waren.

»Nein, warum? Wo zum Henker steckst du? Vielleicht sollte ich lieber Ben den Kopf abreißen…«

Leise lachend schüttelte ich den Kopf über Jonahs Reaktion. »Ich bin mit Hannah campen. An dem kleinen See außerhalb von Underwood.«

»Was?! Du meinst diesen gruseligen Tümpel dreißig Meilen von hier?«, fragte mein bester Freund entsetzt.

»Genau der!«, kicherte ich bestätigend.

»Und ihr seid dort allein? Nur ihr zwei Mädchen?« Sorge schwang in seiner Stimme mit.

»Äh… nein. Scott und seine Freunde sind auch

hier. Du weißt schon, Hannah und Scott sind seit ein paar Wochen zusammen und…«

»Ich hol dich ab!«, schoss es aus Jonah plötzlich entschlossen heraus und ich ahnte, er duldete jetzt weder Widerspruch noch eine Diskussion darüber. »Kommt nicht in Frage, dass ich dich mit diesen Kiffern allein lasse. Schon gar nicht über Nacht!«

Ich stutzte überrascht. »Warte, du weißt davon?«

»Dass sie kiffen? Natürlich weiß ich das! Die halbe Schule weiß es«, meinte Jonah aufgebracht und ich hörte es im Hintergrund rascheln. Waren das etwa die Autoschlüssel seiner Mom?

Verwirrt runzelte ich die Stirn. »Aber wenn es doch die halbe Schule weiß, wieso hat Ben mich dann trotzdem mit ihnen fahren lassen?«

Jonah schnaubte. »Weil er zur anderen Hälfte der Schule gehört, dieser Trottel. Er hatte keine Ahnung, mit wem er dich da wirklich gehen lässt. Ben denkt nur, Scott wäre ein Idiot. Dass er noch dazu ein ziemlich zugedröhnter Idiot ist, weiß er nicht.«

Das erklärte natürlich vieles. Jedoch war das alles weder Bens noch Jonahs Schuld. Deswegen wollte ich nicht, dass mein bester Freund meinen bescheuerten Fehler ausbadete, indem er nun mitten in der Nacht zu mir zu diesem Tümpel fuhr und mich von hier abholte. Ich wollte nicht, dass er mit dem Wagen seiner Mom fuhr, wenn er müde war. Und dass er müde war, hörte ich ganz eindeutig an seiner Stimme. Bei dieser Sache konnte er mir nichts vormachen, ich kannte ihn einfach viel zu lange und ebenso viel zu gut, als dass ich so etwas nicht durchschauen würde.

Seufzend fuhr ich mir über das Gesicht. Ich wollte meinen besten Freund so gerne sehen, wollte bei ihm sein und doch musste ich ihm nun diese blöde Idee, die er sich in den Kopf gesetzt hatte, ausreden. Schöne Scheiße!

»Du musst nicht extra wegen mir herkommen, Jonah. Es ist gar nicht mal so schlimm hier. Ich bin ohnehin in meinem Zelt.«

»Ich hoffe doch, du bist da drin allein!« War das reine Sorge? Oder war er eifersüchtig?

»Keine Angst, ich bin allein. Und niemand kam mir auch nur einen Schritt oder eine Berührung zu nah.«

Jonah atmete erleichtert aus, bevor er erneut schnaubte. »Immerhin etwas Verstand haben diese zugekifften Idioten scheinbar noch. Ich komme dich trotzdem abholen!« *Was?!*

»Jonah, nein! Das ist wirklich nicht nötig. Die Nacht schaffe ich noch und morgen können wir dann nochmal telefonieren. Okay?«, versuchte ich ihn aufzuhalten, doch dann hörte ich auch schon einen Motor im Hintergrund am anderen Ende der Leitung starten.

»Bis gleich, Sommersprosse«, hörte ich meinen besten Freund noch sagen, bevor die Stille, die mein Handy ausstrahlte, mich resigniert die Augen schließen ließ.

Dieser Idiot! War er etwa tatsächlich gerade losgefahren? Wegen mir? Um mich abzuholen? Ich konnte es kaum fassen. Andererseits war das auch so unglaublich typisch für diesen Kerl, dass ich mich ehrlich fragte, weswegen ich mich darüber wunderte. Jonah tat alles für mich. Erst recht wenn er merkte, dass es mir nicht gut ging oder dass ich mich nicht wohlfühlte. Und das musste ich ihm nicht einmal sagen, er wusste es einfach. Er spürte es. Immer.

Ein seliges Lächeln schlich sich auf mein Gesicht, als ich mit noch immer geschlossenen Augen allein in meinem Zelt lag und darauf wartete, bis mein Held und Retter kam und mich erlöste. Doch je mehr Minuten verstrichen, desto stiller wurde es draußen. Hannah, Scott und die anderen Jungs schienen mittlerweile auch in ihren Zelten. Oder aber sie waren zugedröhnt am Lagerfeuer eingeschlafen. Mir konnte es egal sein. Ich wartete nur darauf von hier verschwinden zu können.

Eine Stunde verging und beinahe wäre ich in einen tiefen Schlaf gedriftet, da hörte ich, wie jemand leise den Reißverschluss meines Zeltes zu öffnen versuchte.

»Hannah?«, fragte ich leise flüsternd, hoffte jedoch auf jemand anderen.

»Hey, psssst. Nicht erschrecken, ich bin es nur«, wisperte Jonah zu meiner Erleichterung.

Ohne ihn in der Dunkelheit wirklich sehen zu können, strampelte ich den Schlafsack beiseite und fiel ihm um den Hals, nachdem er zu mir ins Zelt geklettert war.

»Woher wusstest du, dass dies mein Zelt sein würde?«, fragte ich glücklich lächelnd, während ich mich wie ein Äffchen an ihn klammerte und mein Gesicht an seinem Hals vergrub.

»Ehrlich gesagt, ich wusste es nicht. Deswegen war ich vorher auch schon in zwei anderen Zelten von irgendwelchen Typen, die verdächtig nach Gras gerochen hatten. Aber was tue ich eben nicht alles für dich, Sommersprosse?«, erzählte Jonah leicht amüsiert und ließ mich damit leise lachen.

»Du bist verrückt, Jonah Reeves, wirklich verrückt!«

3
Jonah

Nachdem wir erst am frühen Morgen bei meiner Mutter in Underwood ankamen, brachte ich Annie vorsichtig in mein altes Jugendzimmer. Die ganze Fahrt über hatte sie tief und fest geschlafen, als hätte sie das seit Wochen nicht mehr getan, also weckte ich sie nicht auf, sondern trug sie die Treppen rauf und legte sie in mein Bett, in dem sie schon früher häufig geschlafen hatte.

»Schön, dass ihr beiden hier bleibt über das Wochenende«, sagte meine Mom selig lächelnd und hauchte mir einen Kuss zur Begrüßung auf die Wange, als wir unten in der Küche standen und ich mir Kaffee in eine große Tasse füllte.

»Du hättest nicht extra so früh aufstehen müssen wegen uns. Es ist gerade einmal fünf Uhr morgens und ich habe doch ohnehin noch den Schlüssel zum Haus.« Müde trank ich das dunkle Elixier, um nicht im Stehen einzuschlafen. Die ganze Nacht zu fahren hatte mich unheimlich geschlaucht und eigentlich wäre es besser gewesen, ich hätte mich ebenso schlafen gelegt, nachdem wir angekommen waren. Doch jetzt, da meine Mom extra wegen uns aufgestanden war, wollte ich sie nicht allein lassen.

»Ich wollte eure Ankunft nicht verpassen«, meinte meine Mutter daraufhin auch noch lächelnd und machte es mir damit nur noch schwerer, sie einfach stehenzulassen und schlafen zu gehen.

Müde setzte ich mich an den Küchentisch, an dem sie lehnte. »Wir geht es dir?«

Mom winkte glücklich lächelnd ab. »Die Transplantation ist drei Jahre her, Jonah. Es geht mir gut, immer noch. Deine Niere verrichtet ihre Arbeit genauso wie sie sollte. Es ist also alles in bester Ordnung. Genau wie beim letzten Mal.«

Ich schmunzelte zufrieden. »Und du bist noch immer trocken? Keinen Tropfen Alkohol getrunken?« Prüfend hob ich eine Augenbraue, allerdings nur um sie damit aufzuziehen. Ich wusste, dass meine Mutter seit drei Jahren nichts mehr getrunken hatte und war deswegen unglaublich stolz auf sie.

»So trocken wie der Sand in der Wüste Saharas, weißt du doch«, meinte sie lachend und setzte sich zu mir.

»Ich bin stolz auf dich, Mom. Ich wusste, du bist stark genug, um das alles durchzustehen und zu schaffen.«

Liebevoll griff sie nach meiner Hand und drückte sie einmal fest. »Nur dank deiner Hilfe, mein Junge. Ohne dich… Weiß Gott, wo ich jetzt wäre.«

Lächelnd schaute ich sie an und wollte gerade etwas darauf erwidern, als eine verschlafene Prinzessin plötzlich die Küche betrat und meine Mutter und mich freudestrahlend angrinste. »Guten Morgen.«

»Annie! Wie schön, dass du hier bist! Ich freue mich wirklich sehr, dass ihr beiden gekommen seid, um mit mir zusammen Thanksgiving zu feiern.« Meine Mom sprang regelrecht von ihrem Platz auf und zog meine Freundin in eine feste und herzliche Umarmung.

»Ich freue mich auch hier zu sein. Geht es dir gut?«, fragte Annie meine Mutter und ich bemerkte, wie gut ihr diese wenigen Stunden Schlaf getan haben mussten. Zumindest sah sie jetzt deutlich aufgeweckter aus als noch gestern Abend, als ich sie in

Boston abgeholt hatte.

Doch auch meine Mutter strahlte seit unserer Ankunft, sie schien wirklich glücklich und froh darüber, mich und Annie über Thanksgiving bei sich zu haben. »Danke, Liebes, bei mir ist nach wie vor alles bestens.«

An meinem Kaffee nippend schaute ich über den Tassenrand hinauf zu Annabelle. »Wieso bist du schon wach? Ich hab dich extra weiterschlafen lassen, nachdem wir angekommen waren.«

Annie seufzte. »Ich weiß… Obwohl es mir ein Rätsel ist, wie du es geschafft hast mich ohne zu wecken aus dem Auto und hoch in dein Zimmer zu bringen.«

Meine Mutter lachte amüsiert auf. »Magst du vielleicht auch einen Kaffee, Liebes?«

Annabelle winkte lächelnd ab. »Danke, aber ich glaube, ich würde mich lieber erst etwas frisch machen. Ist es okay, wenn ich schnell unter die Dusche springe?«, fragte sie meine Mom.

»Natürlich, fühl dich ganz wie zuhause, Annie. Genau wie früher. Du weißt ja, wo alles ist.«

Meine Freundin nickte dankbar und verschwand im angrenzenden Flur und anschließend nach oben ins Badezimmer. In der Tat kannte sie sich in diesem Haus noch gut aus, schließlich hatte sich hier kaum etwas verändert seit unserer gemeinsamen Jugend.

Anders als meine beste Freundin selbst…

»Ich hab sie heute Nacht direkt aus einem Club in Boston herausholen müssen«, erzählte ich meiner Mutter, als diese sich wieder mir gegenüber an den Küchentisch setzte.

»Du kannst ganz schön hartnäckig sein, wenn du dir einmal etwas in den Kopf gesetzt hast«, kommentierte sie jedoch nur und grinste wissend.

Ich verzog verunsichert das Gesicht. »Mag sein. Trotzdem tue ich das Richtige. Oder?«

Meine Mutter seufzte nachdenklich und zuckte dann mit den Schultern. »Du kannst sie nicht dazu zwingen, wieder zum Grab zu gehen. Das muss sie von sich aus wollen, Jonah. Doch ich denke, es ist okay, sie in die richtige Richtung zu lenken. Es wird ihr gut tun, wenn sie dort gewesen ist.«

Genau das war auch mein Gedanke. »Ich kenne sie, Mom. Sie würde sich nur Vorwürfe machen, wenn sie das die nächsten Jahre weiter so durchziehen würde. Sie muss endlich wieder ihre Familie besuchen, vor allem jetzt an Thanksgiving oder an Weihnachten. Sie muss es selbst tun und nicht jedes Mal mich hinschicken, damit ich Blumen für sie niederlegen kann. Annie würde sich das irgendwann sonst nicht mehr verzeihen können.«

Meine Mutter nickte verstehend und schaute mich dann prüfend und musternd von der Seite an.

»Das Mädchen ist leider sehr gut darin, sich vor der Wahrheit zu verschließen... Wie läuft es denn so mit euch beiden in letzter Zeit? Habt ihr euch getroffen und miteinander geredet oder seid ihr euch wenigstens körperlich etwas näher geko...«

»Großer Gott, Mom!«, unterbrach ich sie entsetzt und schlug mir peinlich berührt die Hände vor das Gesicht.

Meine Mutter lachte. »Was denn? Ich bin nur neugierig. Läuft da endlich etwas zwischen euch oder nicht?«

Seufzend schielte ich durch meine Finger zu ihr hinüber. »Es läuft genauso viel wie auch die letzten Jahre. Wir sehen uns hin und wieder, wir telefonieren und schreiben uns. All das, was Freunde eben tun.«

»Nur Freunde also?«, fragte sie mit breitem Grinsen, schien zu durchschauen, dass ich gewisse Details unserer letzten Treffen bewusst verheimlichte. Natürlich tat ich das! Wer wollte schon mit seiner eigenen Mutter über Sex reden? Ich sicher nicht!

»Ich kann sie nicht dazu zwingen, sich ihren Gefühlen zu stellen, Mom. So läuft das nun mal nicht.«

»Du kannst aber nachhelfen...«, meinte sie beharrlich.

Ich schnaubte. »Was glaubst du, was ich seit drei Jahren regelmäßig versuche, hm?« Müde ließ ich den

Kopf hängen und fuhr mir verzweifelt durch das Gesicht.

»Du liebst sie wirklich sehr, nicht wahr?«, hörte ich meine Mutter auf einmal leise flüstern und schaute zu ihr auf. Es war eine rein rhetorische Frage, sie brauchte längst keine Antwort von mir darauf. Meine Mom wusste genau, was ich für meine beste Freundin empfand und dass ich alles dafür tun würde, endlich eine Chance von ihr zu bekommen. »Gib nicht auf, Jonah. Du kennst Annie besser als jeder andere auf diesem Planeten. Und wenn du dir sicher bist, sie fühlt genauso für dich, dann lass so lange nicht los, bis sie es endlich einsieht. Ihr zwei gehört zusammen, das wusste schon damals jeder.«

Bitter lachte ich kurz auf. »Jeder, außer ihr und mir, meinst du wohl?« Was für eine scheiß Ironie des Lebens!

»Besser spät als nie!«, behauptete meine Mutter zuversichtlich und lächelte mich aufmunternd an.

Nachdem ich meinen Kaffee ausgetrunken hatte, stand ich von meinem Platz am Tisch auf und hauchte ihr einen liebevollen Kuss auf die Wange. »Ich hab dich lieb, Mom. Tut mir Leid, dass ich Gracey diesmal nicht mitbringen konnte.«

»Mach dir keine Gedanken, Jonah, ich bin ja nicht die einzige Grandma, die sie hat. Dieses Jahr ist sie bei Emilias Familie, nächstes Jahr dann eben bei mir. Und wer weiß, vielleicht hast du bis dahin ja sogar eine weitere Prinzessin oder einen kleinen Prinzen, der seine Granny an Thanksgiving glücklich machen kann?«

Grinsend schüttelte ich den Kopf und ließ ihre Vermutung lieber unkommentiert. Es war besser, sie machte sich nicht allzu große Hoffnungen, noch eine Enkelin oder einen Enkel zu bekommen, statt später bitter enttäuscht zu werden.

Als ich ein paar Minuten später nach oben verschwand, rechnete ich damit, dass Annie noch immer im Badezimmer war. Doch als mein Blick durch die offene Tür meines Zimmers fiel, blieb ich abrupt stehen und hielt für einen Moment den Atem an. *Das* war ein Anblick, den ich doch glatt von nahem bestaunen wollte.

»Sag bloß, du bist schon fertig mit duschen? Ich wollte dir nämlich gerade Gesellschaft leisten.« Anzüglich grinsend betrat ich mein altes Jugendzimmer, in dem Annie gerade nur in ein Handtuch gehüllt vor ihrer Reisetasche stand und darin nach etwas zum Anziehen wühlte.

Augenrollend schüttelte sie den Kopf. »Wirklich witzig, du Spaßvogel. Genauso wie die Tatsache, dass du statt normaler Unterwäsche, ausschließlich irgendwelche Spitzendessous für mich eingepackt hast. Wie konnte Mary-Louise nur zulassen, dass du in meinen Schubladen herumwühlst?«

Lachend deutete ich mit dem Daumen auf mich und meinen Körper. »Sie hatte keine andere Wahl, nachdem sie das hier gesehen hat.« Und das war sogar die Wahrheit. Nachdem ich in Annies Wohnheim in Boston aufgetaucht war, um sie mit nach Underwood zu nehmen, damit sie dort mit meiner Mutter und mir Thanksgiving verbringen und endlich zum Grab ihrer Familie gehen konnte, war ihre Mitbewohnerin wie hypnotisiert von mir und meiner Gestalt. Sie ließ zu, dass ich ihr Zimmer betrat, das sie sich mit Annabelle und einem weiteren Mädchen teilte und hinderte mich auch nicht daran, als ich begann, ungefragt Annies Schubladen zu durchwühlen, um ihre Sachen zu packen, damit wir schnellstmöglich aufbrechen konnten. In der Hinsicht war Mary-Louise in der Tat äußerst hilfreich.

»Du bist wirklich unmöglich, Reeves!« Annabelle warf mir einen kurzen, aber sehr intensiven Blick zu, während sie sich versuchte das Grinsen zu verkneifen.

»Ich bin nicht unmöglich, ich bin einfach nur ein Mann, der dich gerne in diesen hübschen, schwarzen Spitzenteilen sehen will. Ist das etwa so verwerflich?« Zwinkernd griff ich von hinten in ihre Tasche, hakte zielgerecht einen Finger unter den Spitzen-BH und hielt ihn ihr zufrieden lächelnd vor das Gesicht.

»Und ob es verwerflich ist, du Spanner. Die Dessous sind nicht für dich und deine Augen bestimmt«, protestierte Annabelle, noch immer stark bemüht sich das Grinsen zu verkneifen.

»Was soll das heißen?«, fragte ich stirnrunzelnd und wusste nicht, ob sie mich mit dieser Andeutung einfach nur verarschen und aufziehen wollte oder ob mehr dahinter steckte.

»Soll heißen, ich habe sie nicht deinetwegen gekauft.«

»Für *wen* dann?«, knurrte ich ruhig, aber mit aufsteigender Wut im Bauch. Das war doch wohl nicht wirklich ihr Ernst? Sie wollte mich auf den Arm nehmen, etwas anderes war unmöglich! Sie konnte keinen anderen Mann in ihrem Leben haben, das hätte ich gemerkt. »Annabelle, antworte mir!« Mit angespanntem Kiefer und prüfendem Blick starrte ich sie eindringlich an. »Für wen hast du sie dann gekauft, wenn nicht für mich? Gibt es etwa einen anderen Mann…?«

»Und wenn es so wäre?«, unterbrach sie mich provokant lächelnd und drehte sich zu mir, um mich herausfordernd anzufunkeln.

»Du bluffst nur!«, zischte ich kopfschüttelnd und trat einen Schritt zurück, um ihre Reaktion besser beobachten zu können. Ihr Körper hatte sie bisher immer verraten. Er würde es auch diesmal tun.

»Tue ich das?« Verspielt hob Annie eine Augenbraue und setzte sich ein Pokerface auf, das es mir nicht leicht machte, die Wahrheit in ihren Augen lesen zu können.

»Ich hätte es längst gemerkt, gäbe es einen anderen Mann in deinem Leben.«

»Bist du dir da ganz sicher? Du hast schließlich auch eine halbe Ewigkeit nicht gemerkt, dass ich hoffnungslos in dich verknallt war.«

»*Bist!* Du bist es noch immer«, korrigierte ich sie grinsend und kam ihr wieder näher, so nah, dass sich unsere Gesichter beinahe berührten.

Das Apfelgrün ihrer Augen verdunkelte sich und ihr Blick glitt für eine Sekunde zu meinen Lippen. Eine Sekunde zu lange, um sich und ihre wahren Gedanken nicht zu verraten. Sie bluffte also tatsächlich!

»Träum weiter, Reeves. Die Dessous wirst du jedenfalls nicht zu Gesicht bekommen. Nicht an meinem Körper.« Frech! Zu frech, um nicht dafür bestraft zu werden.

»Um was wollen wir wetten?«, entgegnete ich provokant grinsend und zog an ihrem Handtuch, bis sie plötzlich splitterfasernackt vor mir stand und mich entsetzt anstarrte.

»Jonah!« Fassungslos schnappte sie sich das Handtuch aus meinen Händen und wickelte es sich schnell wieder um den noch tropfnassen Körper, während ich mit zugeschnürter Kehle und bis zum Hals pochendem Herzen vor ihr stand und mich keinen Zentimeter mehr rühren konnte. Scheiße, ich liebte diesen Anblick zu sehr, als dass er mich kalt lassen könnte. Mich und gewisse andere Körperteile, die sich augenblicklich zu Wort melden wollten. Ich hatte Mühe, mich zu beherrschen.

»Verdammt, Parker! Du machst es mir wirklich nicht leicht«, keuchte ich erstickt, als ich ansatzweise wieder klar denken konnte.

Annabelle lächelte kopfschüttelnd. »Halt die Klappe und gib mir lieber meinen BH zurück, bevor ich mich auf dich stürze.«

Ich lachte ungläubig auf. »Soll das eine ernstgemeinte Drohung sein? Denn ganz ehrlich… Nichts lieber als das!«

»Gib schon her!«, forderte sie und griff nach dem schwarzen Spitzen-BH, der noch immer fröhlich vor sich hin tanzend an einem meiner Finger baumelte.

Noch bevor ich einen weiteren Blick auf ihre nackten Brüste erhaschen konnte, hatte sie sich das Teil bereits mit geübten, schnellen Handgriffen angezogen und suchte in ihrer Reisetasche nach dem passenden Spitzenhöschen, das nur wenige Sekunden später ihren perfekten und äußerst verführerischen Hintern schmückte. Von wegen also, ich würde die

Dessous nicht zu Gesicht bekommen!

Seufzend ließ ich mich auf mein altes Jugendbett fallen und genoss den Anblick von hier aus, als Annie das Handtuch endlich ganz ablegte und nur in ihrer Unterwäsche vor mir stand und erneut in ihrer Reisetasche zu wühlen begann. »Für wen sind die Dessous denn nun, wenn nicht für mich, hm?«, wollte ich neugierig wissen und pfiff kurz zwischen den Zähnen, als sie sich vorbeugte.

»Für mich, du Blödmann! Für mich ganz allein«, lachte Annie amüsiert.

»Was für eine Verschwendung«, meinte ich kopfschüttelnd, »Aber immerhin bin ich ohne Konkurrenz, das beruhigt.«

Annabelle stockte. Die lockere und entspannte Stimmung zwischen uns schien verflogen, als sie den Blick hob und mich auf einmal voller Enttäuschung ansah. »Du warst schon immer ohne Konkurrenz, du Idiot. Du hast es nur nicht wahrhaben wollen.«

Als hätte man mir ein dickes, fettes Brett gegen den Schädel geschlagen. Mit vollster Gewalt. Mehrmals. Und immer wieder. Genauso fühlte es sich an, als mir Annabelle vorhin diesen Satz vor den Kopf knallte. *Schon immer ohne Konkurrenz.* Als ob ich das nicht selbst zu genüge wusste.

Es tat weh, sich jedes Mal die bittere Wahrheit

eingestehen zu müssen. Die Wahrheit darüber, dass ich es war, der alles vermasselt hatte. Ich war schuld daran, dass sie sich mir gegenüber verschloss, statt uns beiden endlich eine Chance zu geben. Es war ganz allein mein Fehler, wenn ich ewig und mein Leben lang vergebens auf sie warten würde. Ich war der Idiot!

Doch wollte ich das deswegen ständig von ihr unter die Nase gerieben bekommen? Ganz sicher nicht! Schon gar nicht heute, nicht an Thanksgiving, wo man schließlich dankbar für das sein sollte, was man hatte.

Vielleicht aber war sie gerade deswegen so launisch seit einigen Tagen. Annie hatte nun mal nicht viel, wofür sie Jahr für Jahr dankbar sein konnte. Ihre Familie war nicht mehr am Leben, ihr wurde quasi alles genommen, was sie jemals geliebt hatte – mich eingeschlossen. Und jetzt hatte sie nur noch sich selbst und das, was sie aus ihrem Leben machte. Doch wenn sie ehrlich war, war das nicht gerade wenig. Sie studierte auf der Medical School in Harvard und das mit einem Stipendium! Wer konnte das schon von sich behaupten?

»Meinst du, die Blumen sind in Ordnung? Ich glaube, ich hätte doch lieber die anderen kaufen sollen. Vor allem aber mehr davon. Viel mehr. Findest du nicht auch? Oder doch eher die Rosen, so ganz klassisch? Ich bin mir echt nicht sicher. Vielleicht sollten wir nochmal zum Blumenladen zurück und ich…«

Mitten auf dem schmalen Kieselweg des alten Friedhofs stellte ich mich vor sie und legte ihr beruhigend die Hände auf die Wangen. »Atme, Annabelle. Atme ein paar Mal tief durch und entspann dich, hörst du? Die Blumen sind perfekt. Außerdem spielen sie sowieso nur eine Nebenrolle. Wichtig ist nur, dass du hier bist, okay?«

Meine beste Freundin seufzte schwer. »Ich weiß doch auch nicht, wieso ich so nervös bin. Es ist schließlich nicht das erste Mal, dass ich sie besuchen gehe.«

Schulterzuckend grinste ich sie an. »Das letzte Mal liegt nun mal schon etwas länger zurück und das drückt auf dein Gewissen.«

»Vielen Dank auch, jetzt geht es mir gleich viel besser«, grollte sie gespielt schmollend, bevor ich ihre Hand nahm und wir langsam weiterliefen.

»Ich bin nur ehrlich und das ist auch genau das, was du brauchst.« Davon war ich überzeugt.

Annie lächelte erleichtert. »Danke, dass du mitgekommen bist.«

Erneut zuckte ich die Schultern. »Ich wäre ohnehin heute hergekommen.«

»Du besuchst Ben häufiger mal, nicht wahr?«

»Jedes Mal, wenn ich in Underwood bin«, bestätigte ich, bevor ich abermals zu grinsen begann, um die Stimmung zu heben und Annie ein wenig von ihrer Nervosität abzulenken. »Und dann erzähle ich ihm von seiner kleinen Schwester, die mich noch immer wie einen totalen Vollidioten zappeln lässt, statt sich ihre Gefühle für mich einzugestehen und mir um den Hals zu fallen.«

Empört schnappte sie nach Luft, grinste dabei aber. »Das hast du ihm nicht erzählt! Das würdest du dich nicht wagen!«

Ich lachte. »Und ob! Genauso wie all die schmutzigen Geschichten über dich und mich und wie unartig du manchmal sein kannst und…«

»Du bist so bescheuert!«, unterbrach sie mich amüsiert kichernd und merkte dabei gar nicht, dass wir längst am Grab ihrer Familie angekommen waren. Ich hatte also alles richtig gemacht. Annie schien weder so nervös wie wenige Minuten zuvor noch wollte sie schnellstmöglich flüchten.

»Wir sind da«, flüsterte ich ihr aufmunternd lächelnd zu und drückte ihre Hand fester, als sie sich überrascht zum Grab umdrehte und auf die Innenschrift des Grabsteins starrte.

Stumm rollten augenblicklich Tränen ihre Wangen entlang und ließen sie erstickt schluchzen, bevor ich sie in meine Arme schloss und ihr vorsichtig die

Blumen aus der Hand nahm, um sie nicht kaputt zu machen oder zu zerquetschen.

Es war okay, dass sie weinte. Es war gut und besser so, als sich davor zu verschließen. Tage wie diese waren nun einmal nicht leicht, doch sie gehörten zum Leben dazu. Genauso wie Trauer und Schmerz. Und davon besaß Annabelle noch zu viel, als dass ich sie jemals damit allein lassen würde…

Zwei Jahre zuvor

Regen. Wie konnte es anders sein an diesem Tag. Als hätte Ben ihn höchstpersönlich bei den Engeln bestellt – speziell für ihn und seinen ersten Todestag.

Ich musste lächeln, als die dicken Tropfen auf meine Windschutzscheibe trommelten, während ich mich durch den zähen Stadtverkehr von Boston quälte. Annabelle hatte keine Ahnung, dass ich kommen würde, sie hatte keine Ahnung, dass ich sie keinesfalls an diesem Tag allein lassen wollte und deswegen die ganze Nacht und den gesamten Vormittag quer durch das Land fuhr, nur um bei ihr sein zu können, wenn sie nach der Uni und der Arbeit im Labor mit ihren Gedanken allein war.

Ich kannte sie zu lange und zu gut, um zu wissen, dass sie niemandem ihrer neuen Freunde erzählt hatte, dass ihr Bruder an Krebs gestorben war, schon gar nicht, dass es an diesem Tag heute vor einem Jahr geschehen war. Sie würde sich lieber allein mit ihrem Schmerz herumquälen, als jemandem von Ben zu erzählen. Denn das würde bedeuten all die Erinnerungen zuzulassen, die sie nach wie vor kaum atmen ließen.

Bei mir musste sie sich nicht verstellen, sie musste mir auch nichts erzählen, musste nicht mit mir über Ben reden oder so tun, als wäre heute ein ganz normaler Tag und ihr würde es gut gehen. Annie und ich konnten zusammen schweigen, ohne dass es unangenehm wurde. Hauptsache ich war bei ihr und sie wusste, dass sie mit ihrem Schmerz und all der Trauer nicht allein war. Das ist alles, was ich wollte.

Und als ich an dem Labor vorbeifuhr, in dem sie während ihres Studiums arbeitete, sah ich sie tatsächlich bereits im Regen stehen. Annie starrte nachdenklich und verloren gen Himmel, während ihr die Regentropfen ins Gesicht fielen. Es schien ihr egal. Genauso wie die Tatsache, dass es draußen mittlerweile deutlich abgekühlt war.

Ungeachtet der vielen Park- und Halteverbotsschilder stellte ich meinen Wagen kurzerhand direkt vor dem Labor ab und stieg aus. Der Regen wurde von Minute zu Minute stärker, also zog ich mir die

Jacke aus und legte sie Annabelle vorsichtig um ihre nassen Schultern, die längst vor Kälte bebten.

Erschrocken drehte sie sich scheinbar aus den Gedanken gerissen zu mir um und starrte mich für einen Moment lang einfach nur an.

»Ich schätze, das Wetter heute hat *er* sich bestellt«, sagte ich leise und lächelte hilflos.

Annie blinzelte ein paar Mal, bis sie meine Worte verarbeitet hatte, schnappte dann tief nach Luft und fiel mir plötzlich in die Arme. Fest umschloss ich ihren zierlichen Körper, während sie sich wie eine Ertrinkende an meinen Sweater klammerte und leise an meiner Brust zu weinen begann.

In diesem Augenblick wusste ich, es war die richtige Entscheidung herzukommen und ich schwor mir aus diesem Grund, sie niemals an diesem besonderen Tag allein zu lassen. Für den Rest meines Lebens.

4

Annabelle

Als Jonah und ich am Abend zurück aus der Stadt und zurück vom Grab meiner Familie waren, wartete seine Mom bereits auf uns. Im Haus duftete es köstlich nach Essen und sogar der Tisch war hübsch gedeckt.

Augenblicklich bekam ich ein schlechtes Gewissen, weil Mrs. Reeves das alles ganz allein auf die Beine gestellt hatte, während wir unterwegs waren. Dabei wollte ich ihr unbedingt helfen, das Essen für heute Abend vor- und zuzubereiten. Meiner Meinung nach war es das Mindeste, was ich hätte für sie tun können, dafür, dass sie mich an Thanksgiving eingeladen hatte.

Jonah schien offensichtlich dasselbe zu denken und verzog entschuldigend das Gesicht, als seine Mutter uns voller Freude in Empfang nahm und uns direkt ins Esszimmer schob, damit wir Platz nahmen.

»Ich hoffe, ihr habt ganz viel Hunger mitgebracht«, sagte sie gutgelaunt und ich erinnerte mich daran, dass ich sie früher nur selten so viel lächeln gesehen hatte. Sie schien wirklich zufrieden und endlich glücklich mit ihrem Leben. Und das hatte sie nicht zuletzt alles Jonah zu verdanken. Ihr Sohn hatte sie zurück auf die richtige Spur gebracht und damit hatte sich auch ihr Verhältnis zueinander verbessert.

Schmunzelnd sah ich Mrs. Reeves dabei zu, wie sie Jonahs Hemd am Kragen zurecht zupfte, während der dabei das Gesicht zu einer Grimasse verzog und sich anschließend mir gegenüber an den Tisch setzte.

»Du hättest das wirklich nicht alles allein machen müssen, ich hoffe, das weißt du. Ich hätte dir wirklich gerne dabei geholfen«, meinte ich zu Jonahs Mom, die gerade wieder wie ein Wirbelwind in der angrenzenden Küche verschwinden wollte.

Lächelnd winkte sie ab. »Das ist wirklich lieb von dir, aber wirklich nicht nötig, Liebes. Ich mache das gern und hab seit einiger Zeit sogar ziemlichen Spaß am Kochen und Backen. Jonah bekommt das jetzt jedes Mal zu spüren, wenn er mich besucht, nicht wahr, mein Junge?«

Mein bester Freund grinste. »Das stimmt allerdings. Danach habe ich immer das Gefühl, man müsste mich anschließend die Treppen hoch *rollen*.«

Ich lachte, als ich mich wieder an Jonahs Mutter wandte. »Kann ich dir wenigstens helfen, irgendetwas herüberzutragen? Der Truthahn ist sicher schwer.«

»*Den* hast du sofort gerochen, als wir reingekommen sind, was, Parker?«, mischte sich der Blödmann gegenüber natürlich sofort ein und lachte. »Du musst wissen, Mom, Annie liebt Truthahn. Sie liebt ihn sogar so sehr, dass sie sich einmal ganz allein über das arme Tier hergemacht hatte, noch bevor Mrs. Parker den Vogel beim Abendessen auf den Tisch stellen konnte. Wie alt warst du da, Sommersprosse? Sieben oder acht?« Ich hätte wissen müssen, dass er mich damit heute Abend aufziehen würde. Dabei war das damals so gar keine witzige Aktion gewesen. Nachdem Mom den blöden Truthahn aus dem Ofen geholt und zum Abkühlen auf dem Küchentresen abgestellt hatte, machte ich mich in der Tat kurze Zeit später über den armen Vogel her, noch bevor meine Mutter ihn meiner Familie zum Abendessen servieren konnte. Dabei hatte ich allerdings so viel davon gegessen, dass mir danach das ganze Wochenende unglaublich schlecht war. Außerdem bekam ich mörderische Bauchschmerzen. Wirklich gar nicht lustig!

Jonahs Mom grinste dennoch. »Dann hoffe ich doch, dass dir mein Truthahn schmecken wird. Jonah kann mir helfen, die restlichen Sachen ins Esszimmer zu tragen. Bleib also bitte einfach sitzen. Du bist heute Abend unser Gast, Liebes.«

Gerade wollte ich zum Protest ansetzen und den Mund aufmachen, da lag plötzlich Jonahs Hand auf meinem Mund und seine Augen funkelten mich herausfordernd an. »Keine Widerrede, Parker. Bleib sitzen und entspann dich. Den schweren Teil des Tages hast du schließlich bereits hinter dir.«

Ich schluckte schwer und nickte anschließend dankbar. Mein bester Freund hatte Recht, was das anging. Den wirklich schweren Teil dieses Thanksgivings hatte ich tatsächlich hinter mir. Ich war am Grab von Ben, Mom und Dad, ich hatte sie endlich besucht und hatte Blumen niederlegen können. Von selbst sogar. Und ich ließ meinen Gefühlen freien Lauf, ohne Angst zu haben, erneut in ein tiefes Loch zu fallen, aus dem ich nur schwer wieder herauskommen würde. Ich hatte geweint, hatte den Schmerz zugelassen und getrauert, so, wie ich es zuletzt vor drei Jahren getan hatte. Nämlich genau an dem Tag, als

Jonah mir in unserem alten Baumhaus seine Gefühle gestanden hatte. Seine Gefühle und all das, was teilweise noch immer zwischen uns stand – die bittere Wahrheit darüber, was damals wirklich geschehen war und dass selbst mein eigener Bruder gewisse Schuld daran trug, dass ich Jonah vor über zehn Jahren verloren hatte.

Nicht einmal eine halbe Stunde später saßen die Reeves zusammen mit mir am Tisch und Jonahs Mom griff zu unseren Händen, um ein Gebet zu sprechen. Ich wusste, sie tat so etwas normalerweise nicht, doch vermutlich war es ihre Krankheit und die notwendige Nierentransplantation, die sie plötzlich glauben ließ. Oder aber sie war einfach nur unglaublich dankbar und wollte es Gott, dem Universum oder wem auch immer unbedingt mitteilen. Schließlich hieß der Feiertag nicht umsonst Thanksgiving. Dennoch wechselten Jonah und ich leicht irritierte Blicke, als Mrs. Reeves die Augen schloss und demütig zu beten begann.

Ich glaubte nicht an Gott. Mein bester Freund wusste das. Schließlich war mein Hirn bereits von Kindesalter auf Wissenschaft und Forschung getrimmt. Glaube hatte darin keinen Platz mehr gefunden. Zumindest nicht an so etwas wie einen Schöpfer im religiösen Sinn. Ich glaubte an Evolution und an die Mächte und Kräfte des Universums. Denn das war etwas, das ich greifen und erklären konnte. Etwas, das ich verstand. Anders als die Sache mit Gott und dem Schicksal…

Jonah schien das ähnlich zu sehen, denn auch er blickte während des gesamten Gebets seiner Mutter unsicher in der Gegend umher, statt ihre Worte leise nachzusprechen. Erst als wir beide das Wörtchen Amen hörten und Mrs. Reeves zufrieden lächelnd unsere Hände wieder losließ, grinsten wir uns gegenseitig an und machten uns hungrig und voller Vorfreude über das Essen her, das uns die ganze Zeit schon so köstlich und verführerisch anlachte.

»Der Truthahn ist wirklich unglaublich köstlich. Ehrlich, meine Mom hatte ihn nie so gut hinbekommen«, gestand ich nach wenigen Minuten und noch mit vollem Mund, weil ich es einfach so unfassbar gut fand, dass es unbedingt gesagt werden musste. »Und diese knusprigen Kartoffeln und der Salat. Ich bin im Himmel, fürchte ich. Das ist alles so verdammt lecker!«

Jonah begann zu lachen. »Ist ja auch kein Wunder, dass dir alles schmeckt, Parker. Als Student gibt es ja nicht gerade viel Auswahl in der Nähe des Campus, oder? Und die winzige Küche in eurem Wohnheim…«

»Die hast du auch gesehen?«, fragte ich verwundert und schluckte meinen letzten Bissen hinunter.

»Mary-Louise hat mich ein wenig herumgeführt.« Er grinste breit und zufrieden. Und Scheiße nochmal, ich liebte es, wenn er das tat. Dieses für ihn so typische, spitzbübische Grinsen – ich würde niemals genug davon bekommen.

»Wie gefällt dir denn dein Studium, Liebes? Ist es das, was du immer machen wolltest?«, fragte Mrs. Reeves auf einmal neugierig und wechselte einen kurzen Blick mit ihrem Sohn, den ich nicht so recht deuten konnte.

»Ich bin zufrieden und glücklich mit meiner Wahl. Vor allem, weil ich weiß, dass ich damit vielleicht vielen Menschen helfen kann eines Tages.« Und das war sogar die Wahrheit. Ich liebte das College und ich liebte meine Forschung. Molekulare Biomedizin war genau das, was ich brauchte, so sehr ich früher immer Neurochirurgin werden wollte. Vermutlich hätte ich als Ärztin niemals lange durchgehalten. Zumal mich Forschung ohnehin schon immer mehr interessierte und mehr forderte, als ich vielleicht zugeben wollte. Ich konnte mich also nicht beklagen mit dem, was ich tat, mochte es manchmal noch so anstrengend sein.

»Annie forscht an einem Mittel, das Alzheimer vorbeugen und vielleicht sogar irgendwann auch heilen kann«, mischte sich Jonah nun in das Gespräch mit ein und lächelte fürchterlich stolz – so stolz, dass es mir beinahe unangenehm wurde.

Mrs. Reeves staunte bewundernswert. »Das finde ich wirklich großartig! Es müsste mehr junge Mädchen geben wie dich, Annie, Liebes. Dann wäre die Welt wohl eine bessere.«

»Mom, Annabelle ist bereits 26«, erinnerte ihr Sohn sie lachend.

»Na und? In meinen Augen ist und bleibt sie das junge Mädchen, das immer so gerne mit meinem Jungen gespielt hat«, meinte sie schulterzuckend und grinste, während sie Jonah und mich prüfend musterte.

Dieser schien zu ahnen, worauf seine Mutter hinaus wollte und griff plötzlich zu der geöffneten Flasche, die auf dem Tisch stand. »Ich glaube, ich brauche mehr Wein. Sonst noch jemand?«, fragte er nervös in die Runde, schaute dabei jedoch nur mich an.

»Unbedingt!« Räuspernd schob ich ihm mein leeres Glas entgegen, das er ganz der Gentleman für mich füllte.

Lächelnd schob er es mir wieder zurück, bis ihm scheinbar etwas einfiel und er mit schuldbewusster Miene zu seiner Mutter schaute. »Sorry, Mom. Ich hab ganz vergessen, dass du…«

Erneut winkte sie ab und lächelte. »Ist schon gut, Junge. Ich bin es schon lange gewohnt, dass die Menschen in meiner Umgebung Alkohol trinken. Es macht mir nichts aus. Ich habe kein Verlangen danach. Außerdem hilft es euch vielleicht, ein wenig lockerer zu werden und euch zu öffnen.«

»Annie und ich sind locker«, gab Jonah trocken zurück, stürzte aber daraufhin den zuvor eingeschenkten Wein in einem Zug hinunter, was seiner Mom offensichtlich nur das Gegenteil bewies.

»Nicht locker genug, um…«

»Mom! Misch dich da bitte nicht ein«, knurrte Jonah mit zusammengebissenen Zähnen, versuchte dabei jedoch trotzdem liebevoll zu klingen, um sie nicht zu verärgern oder vor den Kopf zu stoßen.

Langsam ahnte auch ich, um was es bei diesem kuriosen Gespräch gerade ging und musste doch tatsächlich plötzlich darüber lachen, statt mich zu ärgern oder gar zu schämen, weil ich nun die Gewissheit hatte, dass Mrs. Reeves über alles zwischen Jonah und mir Bescheid wusste und uns offensichtlich sogar verkuppeln wollte.

Mag sein, dass es der gute Wein oder das köstliche Essen an diesem Abend war, vielleicht auch die Erleichterung darüber, dass ich endlich wieder bei meiner eigenen Familie gewesen war, doch seltsamerweise und zur völligen Verwunderung von Jonah und auch mir selbst fand ich diese Tatsache unglaublich amüsant. Und irgendwie auch charmant. Vermutlich weil ich Mrs. Reeves schon mein ganzes Leben kannte und ich wusste, wie sehr sie ihren Sohn liebt und dass sie nur das Beste für ihn will – und wenn das in ihren Augen ausgerechnet meine Wenigkeit war, dann… Tja, was eigentlich dann?!

»Du siehst müde aus, Sommersprosse. Wollen wir vielleicht hochgehen und uns hinlegen?«, flüsterte Jonah mir eine Stunde und drei weitere Weingläser später ins Ohr, nachdem er seiner Mom zusammen mit mir geholfen hatte, den Tisch abzuräumen und das schmutzige Geschirr der Spülmaschine zu überlassen.

Lächelnd drehte ich mich zu ihm und schaute ihn verspielt an. »Das ist ausnahmsweise eine wirklich gute Idee von dir, finde ich.«

Jonah lachte leise und nahm meine Hand in seine, bevor er seiner Mutter einen Kuss auf die Wange hauchte. »Gute Nacht, Mom. Und danke für diesen Abend und das fantastische Essen. Es war wirklich schön.«

»Selbstverständlich, mein Junge. Für euch doch immer.« Zwinkernd lächelte sie uns beide an. »Happy Thanksgiving, ihr zwei. Habt eine gute, lange und erholsame Nacht.«

»Gute Nacht und danke für alles«, erwiderte ich ihr Lächeln und drückte sie einmal kurz, bevor Jonah und ich nach oben in sein altes Jugendzimmer gingen und mein bester Freund ohne Vorwarnung und ohne ein weiteres Wort begann sich sein Hemd aufzuknöpfen.

Mit gehobenen Augenbrauen starrte ich ihn leicht irritiert an. »Äh... Was wird das?«

Jonah runzelte verständnislos die Stirn. »Ich ziehe mich aus, um mich ins Bett zu legen, so wie jeder andere normale Mensch auch. Was denkst du, was es sonst werden soll?«

»Du hattest doch wohl nicht vor, mit mir zusammen in deinem alten Bett zu schlafen?«

Er grinste herausfordernd. »Wieso nicht? Ging früher doch auch immer gut.«

»Früher waren wir auch beste Freunde«, neckte ich ihn absichtlich, um ihn zu ärgern.

Jonah verzog dennoch keine Miene. »Sind wir das jetzt nicht mehr? Oder... wieder?«

Seufzend ließ ich mich auf erwähntes Bett fallen und resignierte. Ich war zu müde, um ernsthaft darüber diskutieren zu können. Außerdem war dieser Kerl gerade absolut die Ruhe selbst und von nichts und niemandem würde er sich von diesem bescheuerten Gedanken abbringen lassen. Deswegen gab ich freiwillig auf und überließ ihm diesen kleinen Sieg für heute Abend. Schließlich wollte ich keinen Streit provozieren. Nicht nachdem das Essen so schön gewesen war und Jonah mir am Grab beigestanden hatte.

»Das ist zwar absolut falsch und ich weiß jetzt schon, ich werde es bereuen, aber... Von mir aus. Dann schlafen wir eben zusammen in diesem winzigen Bett.«

»Protestieren hätte dir sowieso nichts genutzt. Entweder ich oder die alte Couch im Wohnzimmer, die ziemlich durchgelegen und unbequem ist.« Jonah grinste siegessicher. Genau wie gestern im Club, als er mich aus Boston entführt hatte.

»Du bist ein Idiot!«, ließ ich ihn wissen und begann mich langsam auszuziehen.

»Soll ich dir dabei vielleicht behilflich sein?«

Schnaubend drehte ich mich wieder zu ihm um. »Lass deine Finger heute Nacht bloß bei dir, Reeves, ich warne dich.«

»Sonst passiert was?«, provozierte er mit herausforderndem Blick, während er mir näher kam.

»Sonst...« Jonahs Lippen pressten sich sanft und geschmeidig an meinen Hals und ließen mich unweigerlich verstummen. Ich hasste es, wenn er das tat. Und gleichzeitig liebte ich das Gefühl, das er damit in mir auslöste.

»Ich hab dich vermisst, Sommersprosse. Deinen Duft, deine samtweiche Haut, deine Lippen«, raunte mein bester Freund flüsternd in mein Ohr, bevor sein

Blick sehnsuchtsvoll auf meinem Mund hängen blieb und ich ihn noch rechtzeitig von mir schieben konnte, ehe er mich küsste.

Wütend funkelte ich ihn an. »Freunde. Das hast du eben selbst noch gesagt. Wir sind Freunde, Jonah. Nichts weiter.«

»Du weißt aber genau, ich will mehr. Ich brauche mehr. Über drei Jahre warte ich schon darauf.« Jonahs Blick war dermaßen eindringlich und bohrend, dass ich es nicht schaffte ihm standzuhalten. »Ich habe dir nie Hoffnungen gemacht, was das angeht, Jonah. Es ging immer nur um Vertrauen und darum, uns freundschaftlich wieder anzunähern. Das ist das, was du wolltest und genau das habe ich irgendwann auch zugelassen. Lass es mich also bitte nicht bereuen.«

Müde griff ich zu meinem Schlafshirt, das einmal meinem Bruder gehörte, und zog es mir über, bevor ich mich ins Bett legte und nervös darauf wartete, bis mein Freund es mir gleichtat.

»Du weißt, wie ich für dich fühle, Annie. Glaubst du etwa, ich kann das einfach so abstellen?«, fragte Jonah flüsternd und ruhiger als zuvor, als er sich nur mit seinen Boxern bekleidet neben mich legte und das Licht ausschaltete. Nur noch der Mond, der durch das Fenster ins Zimmer schien, beleuchtete das nötigste, sodass ich seinen verzweifelten Blick allzu deutlich wahrnahm.

Trotzdem machte mich seine Frage ungewollt wütend und meine Verbitterung trat unweigerlich nach draußen. »Hat damals schließlich auch irgendwie funktioniert. Dass mit dem Gefühle abstellen. Man sollte also meinen, du hast Übung darin.«

Schnaubend starrte er mir im Halbdunklen entgegen. »Hörst du auch irgendwann mal auf mit dieser alten Geschichte? Das ist jetzt über zehn Jahre her, verdammt! Du musst es mir nicht immer wieder unter die Nase reiben. Ich weiß selbst, dass ich damals einen Fehler begangen habe. Den größten Fehler meines Lebens sogar. Und ich büße dafür noch heute, wie du unschwer erkennen kannst.«

Mag sein, dass er Recht hatte. Ganz sicher sogar. Doch leichter machte es das Ganze für mich dennoch nicht. Der Schmerz saß schlicht zu tief, genauso wie die Enttäuschung. Und seit einigen Wochen und Monaten war da noch etwas anderes. Etwas, das mich letztendlich davon abhielt, mich meinen Gefühlen hinzugeben und Jonahs Wunsch zu erfüllen.

Wir konnten nicht zusammen sein, nicht als Paar, so wie er es wollte. Ich konnte das nicht zulassen. Ich durfte nicht. So sehr ich ihn noch immer liebte – nein, gerade *weil* ich ihn so sehr liebte –, es ging einfach nicht. Unsere Zukunft war keine gemeinsame, diese Gewissheit hatte ich nun.

»Was willst du von mir, Jonah? Was möchtest du von mir hören oder was soll ich tun, deiner Meinung nach?«, fragte ich seufzend und versuchte die aufsteigenden, schmerzvollen Gedanken, die sich jetzt wieder in den Vordergrund zu drängen versuchten, zu unterdrücken.

»Du sollst es endlich zulassen, Annabelle! Ich weiß genau, du empfindest genauso für mich. Nach wie vor. Und weißt du auch, warum?«

»Ich fürchte, du wirst es mir gleich sagen.« Er schien wütend. Vermutlich auch enttäuscht. Gut so! Es war besser so für ihn.

»Wir gehören verdammt nochmal zusammen, Annie. Das war schon damals so und daran hat sich bis heute nichts geändert. Du und ich, wir gehören einfach zusammen. Sieh es endlich ein.«

»Selbst wenn, es würde nicht funktionieren«, rutschte es mir ungehalten heraus.

Jonah stutzte und runzelte fragend die Stirn. »Was soll das heißen?«

»Das soll heißen, dass ich keine Beziehung mit jemandem führen will, der nie da ist und noch dazu ständig im Rampenlicht steht. Jeden Abend auf einer anderen Bühne, in einem anderen Bundesstaat. Und wenn du einmal ein paar Tage Zeit hast, dann solltest du sie lieber mit deiner Tochter verbringen. Nicht mit mir und schon gar nicht damit, nachts an Thanksgiving mit mir zu diskutieren. Das ist es nicht wert, verstehst du? Steck deine ganze Energie und freie Zeit lieber in Gracey. Sie ist deine ganze Welt, sie verdient es mehr als jeder andere, dass du für sie da bist.« Und das war nicht einmal gelogen. Wobei es natürlich keinesfalls der eigentliche Grund für all das war. Doch irgendetwas musste ich ihm schließlich sagen, weswegen wir einfach nicht zusammenpassten. Ich musste ihm einen Grund nennen, den er nicht einfach ignorieren konnte. Jonah sollte endlich aufgeben – er sollte *uns* aufgeben. Es wäre besser für ihn…

Jonah aber schien das anders zu sehen. Sein Blick war entschlossen und die Liebe darin, die ganz allein nur mir galt, schien grenzenlos. »Du hast Recht«, sagte er auf einmal flüsternd, »Gracey verdient es mehr als jeder andere. Und dennoch habe ich auch noch ein Leben als Mann, nicht nur als Vater. Ich will eine Frau an meiner Seite, so wie jeder andere auch. Ich will von ihr geliebt werden und will alles mit ihr teilen können. Dazu gehört auch meine freie Zeit.«

Wieso musste dieser Kerl es mir auch immer so schwer machen? Ich hasste mich dafür, seine Hoffnungen zu zerschlagen, doch ich hatte keine andere Wahl. Ich musste es tun. Seinetwegen.

»Ganz egal, ob und was ich noch immer für dich

empfinde, Jonah. Ich kann das alles nicht. Dein Beruf und alles, was damit verbunden ist. Die Presse, die Fans, die Fotografen, die an jeder Ecke lauern, ganz egal, wo du auftauchst – das ist nichts für mich. Ich bin nicht die Frau, nach der du suchst oder nach der du dich sehnst. Schon gar nicht bin ich diejenige, die du an deiner Seite brauchst. Vertrau mir, ich weiß, dass ich es nicht bin. Ich weiß es, weil ich dich besser kenne als jeder andere.«

Ein bitteres Lächeln schlich sich auf sein Gesicht. »Wenn du mich wirklich kennst, Annie, dann weißt du auch, dass ich niemals aufgeben werde. Ganz egal wie sehr du es versuchst.«

Elf Jahre zuvor

»Danke, dass Sie mich heute Abend eingeladen haben, Mrs. Parker. Das Essen war wirklich lecker und der Truthahn einfach nur der Wahnsinn!« Mein bester Freund strahlte über das ganze Gesicht, als er unsere Mom zum Dank für den heutigen Abend herzlich umarmte.

»Ich freue mich, dass es dir geschmeckt hat. Schade nur, dass deine Mutter keine Zeit hatte vorbeizukommen. Es wäre schön gewesen, mit ihr zusammen Thanksgiving zu feiern.«

»Kann sein, ja«, erwiderte Jonah nur wortkarg.

Ben und ich tauschten einen wissenden Blick und ich schluckte hart. Jonah tat mir unglaublich leid. Warum seine Mom ständig keine Zeit für ihn hatte, verstand ich nicht wirklich. Ich wusste, sie musste häufig und viel arbeiten, um Jonah und sich das bieten zu können, was sie verdienten. Doch immer häufiger war sie auch an Feiertagen nicht für ihren Sohn da, so wie sie es vielleicht hätte sein müssen.

Jonah selbst redete nicht darüber. Nicht mit Ben und auch nicht mit mir. Wir wussten daher nicht, ob er sich einfach nur für seine Mutter schämte oder ob sie vielleicht sogar Probleme hatte, die weder Ben noch ich sahen oder verstanden. Deswegen war ich zumindest froh und glücklich darüber, dass unser bester Freund heute Nacht bei uns bleiben würde. Zuhause wäre er vermutlich nur allein gewesen…

In Gedanken versunken wälzte ich mich einige Stunden später in meinem Bett. Das gemeinsame Thanksgivingessen mit meiner Familie und Jonah wollte aus einem mir unerklärlichen Grund nicht mehr aus meinem Kopf. Nicht nur, weil ich mir Sorgen um meinen besten Freund machte, sondern… Ich wusste auch nicht, was es war. Ein komisches Gefühl hatte sich nach diesem Abend in meinem Magen breit gemacht und ich hatte keine Ahnung, woher es kam. Ich dachte an Mom und Dad. Vielleicht weil Thanksgiving dazu da war, um dankbar sein zu können. Und ich war dankbar dafür, dass Ben und ich sie beide hatten…

Ein unangenehm schweres Gefühl legte sich auf meine Brust und ließ mich immer schwerer atmen, je mehr ich darüber nachdachte. Woher es kam, wollte ich jedoch lieber nicht erfahren. Es schien beinahe einer Vorahnung gleich, doch wer glaubte schon an so etwas? Mein von Wissenschaft geprägter Verstand jedenfalls nicht.

»Rutsch mal rüber, Sommersprosse«, hörte ich es plötzlich in der Dunkelheit meines Zimmers flüstern und zuckte unweigerlich zusammen.

»Jonah?«, fragte ich verwirrt, als ich auch schon seine Hände unter meiner Decke an meinem Körper spürte, wie er mich sanft zur Seite schob, um sich selbst Platz zu schaffen.

»Hast du jemand anderen erwartet?«

Erst als er direkt neben mir lag und das Mondlicht sich über sein Gesicht legte, erkannte ich sein typisches Grinsen auf den Lippen. Zufrieden und selbstsicher, wie eh und je.

»Was machst du hier?«, fragte ich schmunzelnd und unterdrückte den Drang mich augenblicklich ganz eng an ihn zu kuscheln, auch wenn sich mein Körper so sehr danach sehnte.

»Ich bleibe die Nacht lieber bei dir, statt bei deinem Bruder«, meinte er mit verzogenem Gesicht.

Leise kichernd schüttelte ich amüsiert den Kopf. »Schnarcht Ben wieder einmal zu laut?«

»Nicht nur das! Er spricht auch noch im Schlaf. Wusstet du das?«

»Ich hab es schon ein paar Mal gehört, ja. Aber wirklich etwas davon verstanden, was er da so vor sich hin brabbelt, hab ich bisher nie.«

Jonah seufzte schwer und musterte mich lächelnd. »Wieso schläfst du eigentlich noch nicht? Es sah nicht so aus, als hätte ich dich gerade geweckt.«

»Ehrlich gesagt… ich habe über dich und deine Mom nachgedacht«, gestand ich vorsichtig.

»Wieso solltest du das tun?«, wollte er stirnrunzelnd wissen und betrachtete mich konzentriert.

»Weil ich irgendwie das Gefühl nicht loswerde, dass irgendetwas nicht stimmt«, meinte ich flüsternd.

»Darüber solltest du dir wirklich nicht dein hübsches Köpfen zerbrechen, Annie. Das ist es nicht wert, glaube mir.« Da war ich mir nicht so sicher…

»Ist denn alles in Ordnung zwischen dir und deiner Mom?«, fragte ich sorgenvoll.

Jonah schnaubte. »Sie arbeitet einfach nur viel, okay? Deswegen war sie auch heute nicht da.«

»Aber es ist Thanksgiving«, beharrte ich tapfer, da ich ahnte, dass etwas nicht stimmte.

»Glaubst du, das weiß ich nicht? Sie musste trotzdem arbeiten, um Geld zu verdienen. Für uns, verstehst du? Sie macht das alles auch für mich, damit es *mir* gut geht und es *mir* an nichts fehlt. Was für ein Sohn wäre ich also, wenn ich sie dafür auch noch verurteilen würde?«

Entschuldigend sah ich ihn an. »Tut mir leid, ich wollte dich nicht...«

»Misch dich da einfach nicht mehr ein, Annie. Du bist ohnehin noch zu jung dafür, um das alles verstehen zu können.«

Bitte, was? »Das bin ich nicht! Ich verstehe sehr wohl, was deine Mom alles auf sich nimmt, nur weil dein Dad ein blödes Arschloch ist und euch nicht einmal finanziell unter die Arme greift. Ich bin nicht dumm, Jonah!« Erschrocken schlug ich mir die Hand vor den Mund. Hatte ich das eben ernsthaft gesagt?!

Jonah schien dasselbe zu denken, denn auch er starrte mich nicht weniger erschrocken an. Allerdings nur einen kurzen Moment. Danach folgte ein überraschtes und äußerst belustigtes Grinsen. »Hast du meinen Dad gerade wirklich als Arschloch bezeichnet?«

Beschämt vergrub ich mein Gesicht in meinen Händen und nuschelte: »Oh Gott, das tut mir so leid!

Ich… Entschuldige bitte! Das war nicht so gemeint.«

Jonah lachte leise und nahm meine Hände in seine, damit ich ihn wieder ansehen konnte. »Hör auf, dich zu entschuldigen, Sommersprosse! Du hast nur genau das gesagt, was *ich* über ihn denke. Das, was jeder normale Mensch über ihn denken sollte, wenn er weiß, was er meiner Mom und mir damit antut. Du hast also nichts falsch gemacht. Ganz im Gegenteil sogar.«

Erleichtert atmete ich aus und lächelte. »Ich finde, du solltest es ihm irgendwann einmal so richtig beweisen und ihm zeigen, dass weder deine Mom noch du auf ihn angewiesen seid. Dass du mehr bist und mehr kannst als er. Mit einem guten Collegeabschluss und gutbezahlten Job irgendwann…«

»Ich werde nicht aufs College gehen, Sommersprosse«, unterbrach mich mein bester Freund trocken, als wäre es ihm vollkommen gleichgültig. »Das alles ist nichts für mich. Deswegen denke ich nicht, dass ich es meinem Dad je wirklich zeigen kann. Ich werde ihm nichts beweisen können.«

Verwirrt starrte ich ihn an. »Was redest du denn da? Natürlich wirst du aufs College gehen. Zusammen mit Ben! Nächstes Jahr sogar schon.«

Jonah schüttelte aber entschlossen den Kopf. »Das werde ich nicht, Annie. Ich habe weder die Noten dafür noch das passende Kleingeld, um mir ein

Studium leisten zu können. Abgesehen davon, was zur Hölle denkst du, sollte ich studieren? Den weiblichen Körper? Denn ganz ehrlich, mehr als davon habe ich nun mal keine Ahnung.«

Autsch! Das tat unerwartet weh und das nicht nur, weil er der Meinung war, er würde nichts können. Schlimmer war die Tatsache, dass er mit seiner Bemerkung über den weiblichen Körper einen äußerst wunden Punkt bei mir traf – nämlich den, dass er in der Tat den weiblichen Körper verdammt gut kannte. Nur eben nicht meinen!

»Du bist so ein Idiot, Jonah!« Verletzt schaute ich zur Decke, um seinen Blick zu meiden.

»Warum? Was hab ich jetzt schon wieder gesagt, das deiner Meinung nach falsch ist?«, wollte er wissen und legte seine Hand an meine Wange, damit ich meinen Kopf in seine Richtung drehte und ihn wieder ansah.

»Du bist nicht so, wie du dich immer nach außen hin darzustellen versuchst. Du bist nicht wie dein Dad! Du bist kein Nichtsnutz und wirst es auch niemals sein. Hör auf, dich ständig mit ihm zu vergleichen und zu glauben, du wärst es nicht wert.«

Jonah lächelte bitter. »Das ist wirklich süß von dir, dass du so denkst, Sommersprosse. Ich werde aber trotzdem nicht aufs College gehen. Und ich werde es meinem Dad auch niemals zeigen oder beweisen können, dass ich etwas Besseres bin als er. Das wird nicht passieren, okay? Sieh es also ein und lass es gut sein.«

»Es gut sein lassen?«, wiederholte ich fassungslos, »Du solltest mich wirklich besser kennen, Jonah.«

Mein bester Freund begann zu schmunzeln. »Ich kenne dich, Annabelle Parker, ich kenne dich in- und auswendig und besser als jeder andere, dich selbst eingeschlossen. Ich kenne jede einzelne Sommersprosse in deinem Gesicht und ich kenne auch deinen Dickschädel. Ich weiß, wenn du dir etwas in den Kopf gesetzt hast, von dem du auch noch überzeugt bist das Richtige zu tun, bist du von nichts und niemanden davon abzubringen. Auch wenn das bedeutet, dass du dir selbst damit Schaden zufügst.«

5
Jonah

Annabelles Worte kreisten auch drei Wochen später noch in meinem Kopf umher und ließen mir keine Ruhe. Ich hatte es so satt auf sie zu warten und wusste dennoch, ich hatte keine andere Wahl. Noch einmal würde ich sie nicht gehen lassen, egal wie lange ich darum kämpfen musste, bis sie endlich begriff, dass wir zusammengehören und es schon immer taten.

Mit ihrer Abwehrhaltung und damit, was sie über mich und meine Karriere sagte, machte sie es mir jetzt allerdings noch schwerer. Zumal ich mir eingestehen musste, dass sie gewissermaßen Recht hatte. Und das nicht nur in einem Punkt.

Annabelle hatte sich offensichtlich mehr als gründlich Gedanken darüber gemacht, wie es wäre, würden wir beide es einfach miteinander versuchen. Nicht nur als Freunde. Sie wusste, es würde schwer werden. Auch wenn ihre Worte andere waren. *Unmöglich,* hatte sie es genannt. Unmöglich, eine Beziehung mit mir zu führen, unmöglich, mich zu lieben. Und das alles nur wegen dem, was ich beruflich tat? Weil ich im ganzen Land bekannt war und sie mich niemals für sich allein hätte?

Nun… Vermutlich hatte sie auch in diesem Punkt Recht und es wäre genauso gewesen. Ich hätte nicht die Zeit für sie aufbringen können, die sie verdient hatte. Schließlich war ich auch noch meiner Tochter verpflichtet, für die ich momentan beinahe jede freie Minute opferte, wenn mich Emilia denn ließ. Annabelles Bedenken waren also absolut berechtigt und genau das ärgerte mich seit diesem Abend an Thanksgiving wohl am meisten an dieser Tatsache.

Liebe war nun mal nicht alles. Eine Beziehung brauchte Zeit und viel Zuwendung. Alles Dinge, die ich Annie nicht bieten konnte. Nicht in dem Ausmaß, wie sie es verdiente.

Vielleicht war es nach all den Jahren im Musikbusiness endlich an der Zeit, etwas daran zu ändern? Ich war Ende zwanzig und Gracey bereits im Kindergarten. Ich wollte nicht ewig so weitermachen wie bisher, so sehr ich mein Leben liebte, wie es war. Es gab Menschen, die liebte ich mehr als das. Sie waren mehr wert und machten mich glücklicher als Musik es je könnte. Und dazu gehörten nicht nur Gracey und Annie, sondern auch meine Mom. Ich wollte mehr Zeit mit ihr verbringen können, mehr Zeit mit ihr und Gracey zusammen. Und wenn Annie mich endlich ließ, würde ich keine einzige Sekunde mehr ohne sie sein wollen.

Doch das alles ging nur, wenn ich endlich etwas an meinem Leben änderte. Wenn ich meine Karriere als Musiker aufgab und etwas tat, wobei ich nicht ständig reisen und unterwegs sein musste. War ich wirklich dafür schon bereit? War ich bereit, alles aufzugeben, was ich mir die letzten Jahre erfolgreich erkämpft hatte? Es war nicht das erste Mal, dass ich mir diese Frage stellte. Immer wieder hatte ich in den letzten Jahren darüber nachgedacht und mich dennoch nie getraut, einen anderen, einen neuen Weg für mich einzuschlagen. Traute ich mich jetzt?

Wie schon tausende Male zuvor starrte ich aus dem riesigen Skyline-Fenster meiner Plattenfirma und seufzte nachdenklich. Ich liebte das, was ich tat und doch war es tatsächlich nicht zu hundert Prozent das, was ich immer machen wollte. Selbst jetzt nicht, nachdem mich die Plattenfirma seit zwei, drei Jahren endlich die Musik machen ließ, die ich wirklich liebte, statt mir vorzuschreiben, was bei den Fans ankommen könnte. Ich war glücklich über das Vertrauen in mich und in meine Musik und der Erfolg gab mir letztendlich Recht.

Dennoch gab es eine Sache, bei der ich den meisten Spaß hatte und das waren nicht die Gigs oder unsere Auftritte als Band. Das Schreiben meiner Songs war es, was mich wirklich erfüllte. Es war das, was ich schon damals als Teenager immer gerne getan hatte und so war es noch heute.

»Bist du dir sicher, dass du diesen Schritt gehen willst, Jonah?« Mit grimmig zusammengezogenen Augenbrauen starrte mein Producer mich an und trommelte ungehalten mit einem Finger auf der teuren Marmortischplatte, die in einem der Besprechungsräume der Plattenfirma stand, in dem er zusammen mit ein paar seiner Handlanger, Beth und mir saß.

Den Termin hatte ich von meiner Managerin erst vor wenigen Tagen machen lassen. Ganz spontan und zwingend noch vor Weihnachten. Ich wusste, meine Plattenfirma würde Zeit brauchen, um meine Entscheidung zu verdauen und mir eventuell eine neue Chance zu geben für das, was ich zukünftig machen wollte.

»Ich bin nicht sicher, nein. Und trotzdem werde ich es tun«, verkündete ich hart und starrte genauso grimmig zurück, um keine Unsicherheit zu zeigen.

Mein Producer schnaubte verächtlich. »Das sehen wir wirklich nicht gern, jemanden wie dich gehen zu lassen, Reeves. Das ist dir bewusst oder?«

Und ob mir das bewusst war! Deswegen war ich schließlich so verdammt nervös und hatte nicht den blassesten Schimmer, ob es wirklich das Richtige war, was ich hier tat. Dennoch stand mein Entschluss fest. Ich wollte, nein, ich musste etwas in meinem Leben ändern. Für Gracey, meine Mom und für eine gemeinsame Zukunft mit Annie. Ich wollte Schreiben, statt jeden Abend auf einer anderen Bühne zu stehen und zu singen. Wenn das bedeutete die Plattenfirma wechseln zu müssen – von mir aus. Mit meinem Namen und meinen Songs würde ich problemlos eine neue finden, die mich mit Kusshand unter Vertrag nehmen würde. Ich wusste, was ich drauf hatte und würde mich sicher nicht unter Wert verkaufen. Dafür war ich schon zu lange in diesem Business.

»Wenn ihr mich als reinen Songwriter nicht unter Vertrag nehmen wollt, sondern ausschließlich das Gesamtpaket wollt, dann müssen sich unsere Wege im Frühjahr wohl trennen, Flynn. Ich habe meine Entscheidung getroffen und werde sie keinesfalls nochmal ändern.«

Wütend presste mein Producer die Lippen zusammen. »Und was sagen die Jungs dazu, dass du die Band verlässt?«

Empört schnappte Beth neben mir nach Luft. »Jonah verlässt die Band nicht, Flynn, er *ist* die Band. Er ist der Künstler, der Star dieses Gespanns. Ohne ihn gibt es keine Band.«

Überrascht blickte ich zu meiner Managerin. Dachte ich eben noch, sie würde mich vor Flynn verteidigen wollen, merkte ich nun, dass auch sie scheinbar wütend auf mich war. Dabei hatte ich ihr erst gestern in einem Gespräch unter vier Augen zu erklären versucht, warum ich das alles tat. Sie wusste, wie leid es mir um die Jungs tat, sie einfach im Stich zu lassen. Doch ich war überzeugt davon, sie würden auch ohne mich weiter ihren Weg gehen können. Mark, Cole und Jason brauchten mich nicht. Sie würden es auch ohne mich schaffen, dessen war ich mir absolut sicher.

Seufzend griff ich nach der Hand meiner Managerin und Freundin und sah sie aufmunternd an. »Beth, den Jungs wird es gut gehen, mach dir keine Sorgen um sie. Sie werden weiter Musik machen, nur eben ohne mich. Du brauchst dir wirklich keine Gedanken um sie zu machen.«

Beth blickte mich enttäuscht an. »Und was wird

aus mir, Jonah? Hast du daran schon einmal gedacht? Wenn du Songwriter bist, brauchst du wohl kaum noch jemanden wie mich an deiner Seite.« Wie bitte? Dachte sie das tatsächlich?

»Das ist Blödsinn und das weißt du. Natürlich bleibst du weiterhin meine Managerin und meine rechte Hand. Ganz egal, ob ich Songwriter bin oder sonst irgendjemand. Du bleibst immer an meiner Seite, das verspreche ich dir«, schwor ich lächelnd und drückte ihre Hand. Ich würde Beth niemals fallen lassen, sie war schließlich längst wie eine Schwester für mich. Selbst wenn ich verdammter Hausmeister werden sollte, sie würde dennoch weiter für mich arbeiten. Und sei es nur, um meine Finanzen zu verwalten.

Ein weiteres, verächtliches Schnauben hallte durch den Raum, gefolgt von einem gehässigen, aufgesetzten Lachen. »Scheint, als wäre dein Entschluss ziemlich spontan getroffen worden, Reeves. Dass du vorher offenbar nicht einmal mit deiner Band, geschweige denn mit deiner Managerin darüber gesprochen hast, bestätigt nur meine Vermutung. Du wirst es bereuen, wenn du uns jetzt verlässt.«

So langsam machte mich der Typ echt wütend. Deswegen fackelte ich nicht lange und stand von meinem Platz auf, um deutlich zu machen, dass dieses Gespräch für mich zu Ende war. Ich hatte gesagt, was ich zu sagen hatte und ich würde meine Meinung darüber auch nicht mehr ändern. Schon gar nicht nach dieser Nummer, die Flynn hier gerade abgezogen hatte.

Ich war einer ihrer besten Männer. Der Künstler, der ihnen Millionen eingebracht hatte. Wenn er mich gehen lassen wollte, nur weil ich statt zu singen, nur noch schreiben wollte – bitteschön! Auf so eine Plattenfirma konnte ich absolut und gern verzichten. Wenn sie nicht voll und ganz und das zu hundert Prozent hinter mir und hinter dem standen, was ich tat, würde ich sogar freiwillig gehen. Beth kannte mich in dieser Hinsicht sehr gut und würde mich daher auch nicht aufhalten.

»Wollt ihr mich nun behalten oder soll ich mir eine andere Plattenfirma suchen, die meine Songs auch wirklich wertschätzt und nicht nur mich als Typen? Denn ganz ehrlich, Flynn, dieses Gespräch dreht sich nun schon seit einer Stunde im Kreis und meine Zeit ist echt knapp.«

Mit leicht geweiteten Augen starrte Beth erschrocken zu mir auf. Scheinbar hatte sie nicht damit gerechnet, dass ich so direkt werden würde. Schließlich war das normalerweise ihre Aufgabe, wenn sie meine Verträge aushandelte.

Trotzdem – oder vielleicht auch gerade deswegen – stand auch sie langsam auf und stellte sich, mir den Rücken stärkend, neben mich, um meinem Producer zu signalisieren, dass es kein Zurück mehr gab und er sich entscheiden sollte.

Flynn legte seine Stirn in tiefe Falten und blickte einmal kurz zu seinen Handlangern, die ohnehin nichts zu sagen hatten. »Dein Entschluss steht also wirklich fest und wir können dich nicht mehr umstimmen? Auch nicht mit einem netten Bonus, um dich wenigstens noch für das nächste Jahr halten zu können?«

Tief durchatmend schüttelte ich den Kopf. »Kein Bonus, ich habe meine Entscheidung getroffen. Ihr bekommt mich entweder nur noch als Songwriter oder gar nicht.«

Mit diesen Worten ließ ich meinen Producer einfach sitzen und verließ zusammen mit Beth den Raum. Mir war klar, dass Flynn sich nicht jetzt und sofort entscheiden würde. Er würde ohnehin noch mit einigen anderen der Plattenfirma darüber reden müssen, daher wartete ich nicht auf eine Antwort, sondern ging in der Hoffnung, damit ein klares Zeichen zu setzen.

Als Beth und ich wenige Minuten später in einem Café am Flughafen saßen, um die Zeit bis zum Flug zu überbrücken, zupfte meine Freundin nachdenklich an ihrem Blaubeermuffin.

Grinsend schaute ich ihr dabei zu. »Du weißt schon, die Dinger sollte man essen und nicht damit spielen.«

Beth seufzte schwer und ließ den Muffin endlich in Ruhe. Stattdessen widmete sie ihre Aufmerksamkeit nun mir und meinem Gesicht, das sie plötzlich prüfend und abschätzend betrachtete.

»Es ist wegen Gracey, nicht wahr? Du willst endlich mehr Zeit für sie haben«, mutmaßte sie mit verständnisvollem Blick.

Ich musste lächeln. Auch wenn wir erst gestern über alles gesprochen hatten und ich ihr bereits erklärt hatte, weshalb ich diesen Entschluss traf und wieso ich nur noch schreiben wollte, so schien sie all das erst jetzt richtig verstehen und nachvollziehen zu können. Kein Wunder, wenn man bedenkt, wie sehr ich sie mit dem Ganzen überfahren hatte. Sie musste es erst einmal sacken lassen, um es begreifen zu können. Schließlich hatte Beth keine Ahnung, dass mich diese Gedanken schon seit Ewigkeiten plagten und schon gar nicht, dass Annies Worte an Thanksgiving mich nun endgültig zu diesem Entschluss gebrachten hatten. Ich würde sie daher auch nicht belügen, sondern ihr die Wahrheit darüber sagen. Denn ich wusste, wenn es jemand verstehen würde, dann war es Bethany.

»Ich tue das nicht nur für Gracey. Die letzten

sechs Jahre war ich immer unterwegs, nie irgendwo Zuhause. Es war schön, keine Frage. Doch ich werde bald dreißig und meine Prioritäten haben sich schlicht geändert. Ich will endlich ankommen. Nicht nur örtlich gesprochen, sondern auch auf sozialer Ebene.«

Wissend hob Beth eine Augenbraue. »Annabelle also?«

Ich nickte. »Sie verdient mehr als ich ihr momentan würde bieten können. Genauso wie meine Tochter und auch meine Mutter. Sie verdienen alle mehr. Mehr von mir. Verstehst du?«

Einen Moment lang dachte meine Freundin über meine Worte nach, doch dann begann sie aufmunternd und verständnisvoll zu lächeln. »Das Schreiben hat dir schon immer am meisten Spaß gemacht«, sagte sie aufbauend und ich lachte.

»Ganz genau!«

»Wann willst du es den Jungs sagen?«

Schuldbewusst verzog ich mein Gesicht. »Ehrlich gesagt bin ich mir nicht sicher.«

»Weiß Annie es denn wenigstens schon?«, wollte Beth neugierig wissen und aß endlich ihren Muffin. Scheinbar war ihr Appetit wieder aufgetaucht. Beruhigend!

»Nein, sie weiß nichts darüber.«

Beth hob erneut eine Augenbraue und sah mich

tadelnd an. »Was meinst du, wie sie darauf reagieren wird?«

»Sie wird mich für vollkommen verrückt erklären, fürchte ich.« Ganz sicher sogar!

Beth lächelte aufrichtig. »Ich wünsche mir wirklich sehr, dass ihr beide es doch noch schafft, Jonah. Und vielleicht hast du Recht, vielleicht ist die Zeit einfach gekommen, um sesshaft zu werden und für seine Lieben da zu sein.«

Ich war froh, dass sie das so sah. Das half mir auf jeden Fall, mein schlechtes Gewissen den Jungs gegenüber zu unterdrücken oder zumindest so leise es ging zu halten. Es war schwer genug, den passenden Moment dafür zu finden, es ihnen zu sagen. Ohne Beth an meiner Seite wäre das allerdings nahezu unmöglich geworden. Nun wusste ich aber, dass sie hinter mir und auch hinter meiner Entscheidung stand. Sie verstand meine Gründe und würde mir deswegen auch zur Seite stehen, wenn ich es Cole, Mark und Jason erklären musste.

Grübelnd fiel mein Blick auf den großen Tannenbaum in der Wartehalle der Flughalle und mir fiel ein, dass ich in all dem Trubel völlig vergessen hatte, etwas für die kommenden Festtage zu organisieren. Ich wusste nicht einmal, was Emilia und Gracey vorhatten und ob ich meine Tochter an Weihnachten sehen würde.

Nachdenklich sah ich zu Beth. »Haben du und Mark an Weihnachten eigentlich schon etwas vor?«

»Wir wollten an Heiligabend nur kurz bei unseren Familien vorbeischauen, aber sonst nichts, nein. Wieso fragst du?«

Ich verzog das Gesicht zu einer Grimasse. »Mir ist ehrlich gesagt soeben erst bewusst geworden, dass ich noch überhaupt nichts vorhabe. Aber ich glaube, ich hätte eine nette Idee. Wie wäre es, wenn wir zusammen mit den anderen Jungs, Annie und vielleicht auch mit Gracey rauf auf die Hütte in den Rockys fahren und dort gemeinsam Weihnachten verbringen?«

Beth begann vor Freude zu strahlen. »Das wäre wirklich schön.«

»Ihr wärt also dabei, du und Mark?«, fragte ich grinsend.

»Selbstverständlich! Wir sind schließlich eine Familie und ich liebe es, wenn wir alle zusammen ein paar Tage oben in den Bergen verbringen.« Beth lächelte verträumt.

Erleichtert atmete ich auf. »Mich würde es auch sehr glücklich machen, wenn wir das schaffen würden.«

Als ich am Abend nach über einer Woche das erste Mal wieder Zuhause war, setzte ich mich gleich an meinen Laptop, um mit Emilia und vor allem mit Gracey zu skypen. Mittlerweile hatte das unsere damaligen, abendlichen Telefonate abgelöst und ich freute mich jedes Mal, meine Tochter wenigstens am Bildschirm sehen zu können, wenn sie mir von ihrem Tag im Kindergarten erzählte. Wie jedes Mal stellte ich danach allerdings fest, wie sehr ich sie vermisste und wie verdammt gern ich bei ihr wäre. Am liebsten immer und zu jeder Zeit.

Ein Schritt dafür in die richtige Richtung hatte ich heute endlich getan. Ich würde meine Karriere als Musiker bereits im Frühjahr nächsten Jahres nach unserer Tournee beenden. Wie es danach mit mir weitergehen würde, stand nun in den Sternen. Genauso wie die Frage, ob es mich tatsächlich glücklich machen würde. Doch das alles lag nun nicht mehr in meiner Hand…

Automatisch wanderten meine Gedanken zu Annabelle und ich griff wie ferngesteuert zu meinem Handy. Um diese Uhrzeit war sie sicherlich noch im Labor, daher wollte ich sie eigentlich auch nicht weiter stören. Dennoch brannte mir eine bestimmte Frage ziemlich unter den Nägeln, daher schrieb ich ihr eine Nachricht, in der Hoffnung, sie würde sie später noch lesen, sobald sie mit ihrer Arbeit fertig war.

***J:** Weihnachten mit mir, Beth und den Jungs in der Hütte in den Rockys?*

Dass ich meine Tochter nicht erwähnte, lag daran, dass Emilia mir erst vor wenigen Minuten meine Hoffnungen zunichte gemacht hatte. Sie würde mit Gracey, ihren Eltern und Freunden die Zeit in Florida verbringen. Zwar war ich immerhin an Heiligabend bei ihnen eingeladen, um meine Tochter wenigstens an diesem Abend sehen zu können, doch mit nach Kanada durfte ich sie trotzdem nicht nehmen. Nicht in diesem Jahr zumindest.

Ein Signal ertönte an meinem Smartphone und ich schaute überrascht auf das Display.

A: Ich dachte, wir hätten an Thanksgiving alles geklärt?

Ich schnaubte enttäuscht. War das wirklich ihr Ernst? Ich fragte sie, ob sie an Weihnachten zusammen mit unseren Freunden und mir in die Berge fuhr und sie versuchte mich wieder auf Abstand zu halten?

Wütend schrieb ich zurück:

J:Was hat das eine mit dem anderen zu tun? Du gehörst seit Jahren zu unserer Bande, zu unserer Familie. Und wenn wir gemeinsam Weihnachten verbringen wollen, solltest du natürlich dabei sein.

Ich wartete einige Minuten, doch eine Antwort von ihr kam dennoch nicht.

J: Beth würde sich freuen. Und die Jungs sowieso.

Noch bevor ich das Handy beiseitelegen konnte,

kam endlich ihre Antwort.

A: *Und du nicht? ;-)*

Nahm sie mich auf den Arm? Zuerst zierte sie sich, antwortete nicht einmal und dann schickte sie mir einen verdammten Smiley? Der auch noch zwinkerte? Dieses kleine Biest spielte doch mit mir!

J: *Muss ich das wirklich beantworten, Sommersprosse? ;-)*

Keine Nachricht, keine Antwort. Entweder sie war beschäftigt oder sie spielte tatsächlich mit mir.

J: *Komm schon, du liebst das Haus in den Rockys. Du liebst die Umgebung, die Berge und du liebst uns. Ich weiß genau, du vermisst Beth und die Jungs. Vielleicht sogar mich ein wenig, wer weiß?*

Nur wenige Sekunden später kam das erlösende Signal und eine eingehende Nachricht.

A: *Okay.*

Irritiert starrte ich das Display an.

J: *Okay?*

A: *Ich werde mit euch zusammen Weihnachten in den Rocky Mountains verbringen. Zufrieden?*

Mein Herz machte einen kleinen Freudensprung.

J: *Versprochen?*

Wie ein Vollidiot begann ich zu grinsen.

A: *Indianerehrenwort! ;-)*

Ein Jahr zuvor

Ich war erschöpft und vollkommen erledigt, als ich am späten Abend vom Flughafen nach Hause kam. Noch immer war Weihnachten – zumindest die letzten Stunden des letzten Feiertages. Und genau das bekam ich augenblicklich zu spüren, sobald ich die Schwelle meines leeren Hauses überquerte.

Es war totenstill und kein einziges Licht brannte, das mich willkommen hieß. Ich war allein. Zum ersten Mal seit Tagen war ich nicht von Menschen umgeben und dieses Gefühl war nicht nur ungewohnt, ich mochte es auch nicht.

Noch vor wenigen Stunden war ich bei meiner Tochter und ihrer Mutter in Illinois, jetzt war nicht einmal Sally, meine Haushälterin, hier, die mir Gesellschaft leisten könnte. Ich hatte ihr über die Feiertage natürlich freigegeben, damit auch sie ihre Familie sehen konnte. Nun fühlte ich mich einsam und ein wenig verloren ohne sie.

Seufzend ließ ich mich auf die Couch im Wohnzimmer fallen und ließ den Koffer unausgepackt im Flur stehen. Mir war nicht danach, anzukommen. Nicht jetzt, da niemand hier war, der auf mich wartete, der mich sehen wollte oder der einfach nur stumm neben mir saß und mir das Gefühl gab, nicht mehr so allein zu sein.

Stille umhüllte mich, als ich minutenlang regungslos und müde in den nicht brennenden Kamin starrte. Ich hatte keinen Grund ihn zu befeuern. Für wen auch? Außer mir war schließlich niemand hier, der…

Das aufgeregte Läuten meiner Haustürklingel ließ mich aufschrecken.

Überrascht schaute ich zum Flur und erkannte hinter der halb verglasten Tür jemanden, der entweder frierend oder nervös von einem Bein zum anderen hüpfte. Zum Teufel, war das etwa –?

»Annie?«, staunte ich, als ich die Haustür öffnete und ein erleichtert lächelndes Gesicht mir entgegenstrahlte.

»Fröhliche Weihnachten.« Meine beste Freundin fiel mir in die Arme und ich zog sie vorsichtig ins Haus.

»Woher wusstest du, dass ich hier sein würde?«, fragte ich verwundert und betrachtete sie, um sicherzugehen, dass ich nicht träumte. Oder es mir vor lauter Einsamkeit nur einbildete.

Annabelle grinste, als sie sich Schal und Schuhe auszog. »Beth.«

Natürlich! Da hätte ich auch von selbst drauf

kommen können, dass meine Freundin dahinter steckte. Ich wusste, sie und Annie telefonierten regelmäßig und trafen sich auch hin und wieder. Dennoch war ich unglaublich überrascht und gleichzeitig überwältigt, dass sie jetzt hier war. Annie Parker! Das Mädchen, das sich noch vor einem Jahr geziert hatte, wieder mit mir in Kontakt zu treten. Jetzt stand sie doch tatsächlich vor mir – in meinem Haus. Und das nur, weil sie Weihnachten bei mir sein wollte.

Lächelnd nahm ich sie noch einmal in meinen Arm und drückte sie fest gegen meine Brust. »Bist du gerade erst angekommen?«, nuschelte ich in ihre schönen und fast wieder fuchsroten Haare hinein und atmete ihren Duft tief in mich ein. Verdammt, wie sehr ich ihn vermisst hatte!

»Vor wenigen Minuten, ja. Hab mir dann vom Bahnhof ein Taxi genommen.« Annie sah zufrieden grinsend zu mir auf und ihre apfelgrünen Augen leuchteten dabei so sehr, dass ich in diesem Moment wusste: Das – genau das – war mein ganz persönliches Weihnachtsgeschenk.

»Du hättest mich anrufen können, ich hätte dich abgeholt«, sagte ich und hauchte ihr einen sanften Kuss auf die Stirn, als ich sie endlich losließ.

»Nicht nötig«, flötete sie gutgelaunt, auch wenn sie ziemlich verfroren aussah.

Lachend schüttelte ich den Kopf. »Ich kann nicht

glauben, dass du wirklich hier bist.«

Schulterzuckend folgte sie mir in die Küche und lächelte dabei geheimnisvoll. »Es ist immer noch Weihnachten. Und... schließlich bin ich deine beste Freundin, richtig?«

Erstaunt blieb ich stehen und sah sie an. Hatte sie mich gerade wirklich so genannt? Ihren besten Freund? Und das ganz freiwillig? Noch vor einem Jahr hätte sie mich am liebsten ganz aus ihrem Leben gestrichen. Zum zweiten Mal sogar schon, wohlgemerkt. Und nun waren wir nicht nur wieder Freunde – wir waren beste Freunde?

Überwältigt von meinen Gefühlen zog ich sie ein drittes Mal in meine Arme und drückte sie so fest an mich, dass ich mir sicher war, sie musste mein Herz an ihrem schlagen spüren, so stark, wie es in meiner Brust pochte. »Ich bin froh dich zu sehen, Sommersprosse. Danke, dass du extra wegen mir hergekommen bist.«

Annabelle ließ es geschehen und schob mich nicht von sich. Leise seufzend vergrub sie ihr Gesicht an meinem Hals. Mittlerweile wusste ich, sie liebte das. Und wenn ihr danach war, dann tat sie es einfach. Keine Berührungsängste mehr, keine Scheu. Wir waren tatsächlich endlich wieder die, die wir einst waren. Zumindest fast. So ganz ohne Ben an unserer Seite war es natürlich dennoch anders...

Plötzlich fiel mir etwas ein und ich ließ sie breit grinsend los. »Soll ich dir einen Tee machen, du scheinst noch immer zu frieren.«

Annie nickte dankbar lächelnd. »Das wäre wirklich super. Im Zug herrschten die ganze Zeit eisige Temperaturen, weil die bescheuerte Heizung ausgefallen war.«

»Warte kurz, bin gleich wieder da«, sagte ich, nachdem ich Wasser zum Kochen aufsetzte und anschließend kurz im Flur verschwand, nur um aus meinem noch unausgepackten Koffer etwas herauszuholen. »Hier, zieh den an. Der wärmt sicher mehr als das, was du anhast.«

Annie blickte dem Ungetüm aus Wolle entgegen und riss ungläubig die Augen auf. »Oh mein Gott! Ist das etwa…?«

»Von Ben? Jep!« Ich grinste amüsiert.

»Woher hast du ihn? Ich habe diesen scheußlichen Rentier-Pullover sicher seit zehn oder zwölf Jahren nicht mehr gesehen!«

»Natürlich nicht! Weil Ben ihn damals an mich abgeschoben hat, um eure Mom nicht zu verärgern. Als sie ihn nämlich fragte, wieso er das Ding nicht trägt, war ihm nichts Besseres eingefallen, als mich als Grund vorzuschieben«, erzählte ich lachend und reichte ihr das einstige Weihnachtsgeschenk ihrer Mom an ihren Bruder.

Annie schüttelte fassungslos, aber grinsend den Kopf, zog sich den Pullover jedoch über, der ihr gefühlt zehn Nummern zu groß war und sie darin beinahe ertrank.

»Was hat er unserer Mom gesagt, damit sie keine Fragen stellt, wo das Ding abgeblieben ist und warum er es nie trägt?«

»Dass *ich* den Pulli waaahnsinnig schön finde und ihn unbedingt haben wollen würde.« Schmunzelnd bereitete ich Annabelles Tee vor und schob ihr die heiß dampfende Tasse anschließend an ihren Platz, an den sie sich an meinem Küchentresen setzte und vom dem aus sie mir zuschaute.

»Und das hat unsere Mom ihm wirklich abgekauft?«, fragte sie lachend.

Ich zuckte die Schultern. »Nicht so richtig, anfangs zumindest. Deswegen hatte er mir zwanzig Mäuse dafür gegeben, dass ich das Teil ein paar Mal anzog, wenn ich zu euch rüberging. Nur damit sie sah, dass ich ihn auch tatsächlich trage und Ben mir damit also einen Ehrendienst erwiesen hatte, dass er ihn mir geschenkt hatte.«

Annie grinste kopfschüttelnd. »Ben ist so ein Idiot!« Sie stockte, das Grinsen verschwand und auf ihrer Stirn bildeten sich einige Falten. »…*war*. Er *war* ein Idiot«, korrigierte sie sich selbst und seufzte schwer.

Aufmunternd griff ich nach ihrer Hand und lächelte zuversichtlich. »Er ist es noch immer, darauf kannst du Gift nehmen. Ich will gar nicht erst wissen, was für einen Blödsinn er da oben mit den ganzen Engeln treibt.«

Annie lachte bei dem Gedanken unweigerlich leise auf und sah mich dankbar an.

»Schön, dass du da bist, Sommersprosse. Bei mir, jetzt und heute«, flüsterte ich bedächtig und küsste ihre Hand in meiner.

»Du bist alles, was ich noch habe. Mit wem soll ich Weihnachten sonst verbringen, wenn nicht mit dir?« Ihr Lächeln war voller Liebe und Wärme. Genau wie dieser Moment zwischen uns.

»Das heißt, du wirst auch die nächste Jahre Weihnachten immer mit mir verbringen?«, fragte ich lauernd und hob eine Augenbraue.

»Sieht ganz danach aus«, meinte sie schulterzuckend und versuchte das amüsierte Grinsen zu unterdrücken.

»Versprochen?«, vergewisserte ich mich.

»Indianerehrenwort!«

6
Annabelle

Am frühen Abend des ersten Weihnachtfeiertages kamen Jonah und ich endlich im kanadischen Jasper Nationalpark an – in den wunderschönen Rocky Mountains, die ich mittlerweile wirklich lieben gelernt hatte. Beth und die anderen Jungs waren bereits da und warteten draußen auf uns, als wir aus dem Wagen stiegen und Jonah unser Gepäck aus dem Kofferraum holte.

Beth fiel mir als Erste um den Hals und schloss mich in eine Bärenumarmung. Wir hatten uns schon eine Weile nicht mehr gesehen und erst jetzt merkte ich, wie sehr ich sie eigentlich die ganze Zeit über vermisst hatte. Selbst meine neuen Freundinnen am College konnten sie in den letzten drei Jahren einfach nicht ersetzen. Beth war längst nicht mehr nur eine Freundin für mich, sie war fast schon so etwas wie eine Schwester. Eine, auf die ich nicht mehr verzichten wollte.

»Den Schnee haben wir extra nur für dich bestellt, Parker«, begrüßte mich auch Mark, nachdem Beth mich irgendwann losgelassen hatte. Himmel, ich hatte sie wirklich alle schrecklich vermisst. Auch Cole und Jason mit ihren ständig dummen Ideen und blöden Sprüchen. Sie waren mir im Laufe der Jahre einfach ans Herz gewachsen.

»Wartet ihr schon lange auf uns?«, fragte Jonah vor Freude strahlend, als er seine Freunde begrüßte und jeden in eine feste Umarmung zog, als hätten sie sich Ewigkeiten nicht mehr gesehen. Dabei waren sie erst vor wenigen Tagen noch gemeinsam unterwegs und standen auf der Bühne.

»Drei Stunden etwa«, meinte Beth lächelnd, während mir der Mund vor Schock aufklappte.

»Oh Gott, das tut mir so schrecklich leid. Hätte ich das gewusst, hätte ich Jonah nicht genötigt, auf halbem Weg an dem blöden Diner anzuhalten, um etwas zu essen.«

Jason lachte. »Mach dir nicht ins Hemd, Parker. Jonah hatte Beth schon vor Tagen seinen Schlüssel gegeben. Wir mussten also nicht draußen auf euch warten.«

Erleichtert atmete ich aus.

»Ich hoffe, es macht euch nichts aus, dass wir schon ein bisschen angefangen haben, das Wohnzimmer zu dekorieren?«, fragte Beth grinsend, als wir gemeinsam zum Haus liefen.

Doch noch bevor Jonah oder ich antworten konnten, meldete sich Cole plötzlich hinter mir. »Wir haben sogar schon einen Baum!«, verkündete er begeistert.

Mein bester Freund verzog das Gesicht und schob die Augenbrauen zusammen. »Ihr wart doch wohl nicht wirklich ohne mich in den Wäldern und habt einfach einen Baum gefällt, oder?«

Mark zuckte entschuldigend mit den Schultern. »Ehrlich gesagt war uns nicht bewusst, dass du da unbedingt dabei sein wolltest.«

»Wir wollten dir schließlich Arbeit abnehmen«, fügte Cole schuldbewusst hinzu und schob die Unterlippe vor, was mich unweigerlich amüsiert grinsen ließ.

»Jetzt hab dich nicht so, Reeves! Dafür darfst du ihn mit mir zusammen schmücken heute Abend.« Ich gab Jonah einen leichten Stoß in die Rippen und zwinkerte, als er noch immer so grimmig schaute.

Plötzlich riss er entsetzt die Augen auf und begann beharrlich den Kopf zu schütteln. »Mit dir? Um Himmels Willen, bin ich denn lebensmüde? Auf keinen Fall lass ich mich darauf ein! Nicht mit dir!«

Empört stieß ich ihn noch einmal an, diesmal aber deutlich fester als zuvor. »So schlimm bin ich gar nicht!«

Jonah schnaubte, musste sich jedoch das Grinsen unübersehbar verkneifen. »Schlimm ist gar kein Ausdruck für das, was aus dir wird, wenn es darum geht, den Baum zu schmücken. Leute, ehrlich, glaubt ihr kein Wort und lasst sie einfach machen. Und am besten: Kommt ihr bloß nicht in die Quere dabei! Das ist ein gut- und ernstgemeinter Rat«, meinte er mit angsterfülltem Blick zu den anderen, während er die knarzenden Holztreppen der Veranda betrat, die das schöne, alte Haus umschloss.

Mit zu Schlitzen verengten Augen und fiesem Grinsen im Gesicht blieb ich jedoch hinter ihm stehen und bückte mich, um in meinen Händen aus dem frisch gefallenen Schnee eine kleine, nicht allzu feste Kugel zu formen. Beth kicherte neben mir, als ich schwungvoll ausholte und den Schneeball in Jonahs Richtung warf, der ihn geradewegs am Hinterkopf traf.

»Au, verdammt!« Mein bester Freund drehte sich

zu mir um und ließ unsere Koffer fallen, als er mir angriffslustig und mit diabolischem Lächeln entgegenlächelte. »Na warte, Parker! Das lass ich sicher nicht auf mir sitzen«, rief er und stürzte sich lachend auf mich, sodass wir beide zu Boden gingen und im weichen Schnee landeten.

»Blödmann!« Ich grinste.

»Biest!« Er grinste zurück.

Als ich wenig später oben im Gästezimmer stand und meinen noch unausgepackten Koffer auf dem riesigen Bett betrachtete, erinnerte ich mich plötzlich an das letzte Mal, als ich hier gewesen war.

Drei Jahre lagen bereits dazwischen und ich konnte nicht glauben, was sich in dieser Zeit alles verändert hatte. Damals war ich hier, weil Jonah mich nicht allein lassen konnte. Weil er Angst um mich und mein Leben hatte. Weil er dachte, ich könnte mir etwas antun. Im Nachhinein kam mir dieser Gedanke völlig absurd vor. Selbst jetzt, da ich wusste, wie mein Leben in Zukunft aussehen würde. Ich wusste, ich würde niemals das bekommen, was ich mir so sehr wünsche. Es war mir schlicht vergönnt. Trotzdem würde ich heute keinesfalls so weit gehen, wie ich es nach Bens Tod getan hatte. Auch wenn es keine Hoffnung mehr für mich gab…

»Willkommen zurück, Sommersprosse.«

Erschrocken zuckte ich zusammen und blickte zur Tür. Jonah lehnte lässig im Türrahmen und musterte mich intensiv und prüfend. Mir fiel auf, dass er mich seit einiger Zeit immer häufiger wieder Sommersprosse nannte. Das lag vermutlich an der Farbe meiner Haare, die langsam aber sicher wieder zu der wurde, die sie einmal war. *Fuchsrot,* wie mein bester Freund immer sagte.

Lächelnd deutete ich in den Raum, in dem wir uns befanden und hob fragend eine Augenbraue. »Musste es wieder dieses Zimmer sein? Ich kann genauso gut auch in einem der unteren schlafen.«

Jonah erwiderte mein Lächeln. »Du liebst die Aussicht von hier oben. Was hätte ich tun sollen?«

»Und du? Was ist mit dir? Auch wieder nebenan?«, fragte ich lauernd.

»Wie könnte ich mir die Gelegenheit entgehen lassen, das Badezimmer mit dir zu teilen?«

Ich lachte belustigt auf. »Wie gut, dass man es abschließen kann, nicht wahr?«

Jonah antwortete nicht darauf, sondern kam mit liebevollem Schmunzeln auf mich zu, beide Hände hinter dem Rücken versteckt. »Ich hab da etwas für dich.« Ein hübsch verpacktes, kleines Päckchen mit großer Schleife darauf kam zum Vorschein, als er es hinter seinem Rücken hervorholte.

»Was ist das?«, wollte ich überflüssigerweise von

ihm wissen.

»Dein Weihnachtsgeschenk. Du darfst es aufmachen, wann immer du willst.« Jonah lächelte noch immer. Und dieses Lächeln war so ehrlich und warm, es erinnerte mich an früher. An Zeiten, die Ben noch mit uns beiden teilte. Es war das Lächeln, in das ich mich vor einer Ewigkeit verliebt hatte und genau das, welches ich immer lieben würde.

Gerührt und mit aufsteigenden Tränen in den Augen nahm ich es entgegen und betrachtete es einen Augenblick, bis mir etwas einfiel. »Ich… hab auch etwas für dich«, sagte ich blinzelnd und mit staubtrockener Kehle, während ich meinen Koffer öffnete und begann darin in einer Seitentasche nach der kleinen Schachtel zu suchen, die wertvoller war als alles, was ich je besaß. »Es ist nichts Besonderes… Zumindest nicht auf diese Art. Ich dachte nur… Keine Ahnung, was ich dachte, um ehrlich zu sein. Ich wollte nur, dass *du* es bekommst.«

Hart schluckend starrte ich auf das Geschenk in meiner Hand, konnte Jonah nicht in die Augen blicken und er schien zu wissen, weshalb. Sanft hauchte mein bester Freund mir dankbar und voller Liebe einen Kuss auf die Stirn und nahm das Geschenk entgegen.

»Ich mache es später auf, wenn wir allein sind. Okay?« Ich nickte stumm und schluckte abermals.

»Wir sollten besser wieder runter zu den anderen, bevor sie deinen Baum anrühren und du noch jemanden von ihnen deswegen die Finger abhackst«, lachte er leise und gab mir einen weiteren Kuss, diesmal auf die Wange. Als wäre es vollkommen normal und selbstverständlich. Trotz des vielen Streits, den wir die letzte Zeit hatten. »...Außerdem habe ich später noch etwas zu verkünden.«

»Zu verkünden?«, fragte ich überrascht und folgte ihm in den Flur, nachdem er sein kleines Geschenk vorsichtig und sorgfältig neben meinem auf dem Bett abgelegt hatte. Ich wusste, er würde es nur dann öffnen, wenn ich bei ihm war – keinesfalls allein.

Jonah begann geheimnisvoll zu grinsen. »Sei nicht so neugierig, ich werde es dir sowieso nicht verraten. Nicht bevor es alle wissen.«

War das sein Ernst? Jetzt brannte es umso mehr unter meinen Nägeln.

»Hast du jemanden geschwängert, Reeves?«, ließ ich, ohne weiter darüber nachzudenken, zwischen uns knallen und merkte erst nachdem ich die Frage ausgesprochen hatte, dass ich die Antwort darauf lieber nicht wissen wollte. Auf keinen Fall sogar! Das könnte ich nicht verkraften...

Jonah schien einen Moment überrascht, lachte dann aber. »Noch nicht! Doch das könnten wir ganz leicht ändern, Parker.«

In meiner Brust zog sich alles schmerzvoll zusammen und ich blickte schnell zu Boden, bevor Jonah etwas bemerkte und Fragen stellte, bei denen ich nicht wusste, wie ich sie ihm jemals ehrlich beantworten sollte.

Stur ging ich daher weiter, ohne eine Reaktion auf seinen blöden und unüberlegten Spruch zu zeigen. Doch noch bevor ich die Treppe erreichte und zwischen den anderen unten in Sicherheit war, hielt Jonah mich plötzlich auf und griff nach meiner Hand, um mich zum Stehen zu bringen.

»Annie? Ist alles in Ordnung?« Forschend schaute er mir ins Gesicht und suchte nach etwas, das ihm verriet, was auf einmal mit mir nicht stimmte.

Ich hatte keine andere Wahl, als meine wahren Gefühle zu unterdrücken und zu spielen. »Lass uns zu den anderen gehen, du willst schließlich etwas verkünden«, sagte ich mit aufgesetztem Lächeln, das Aufregung spiegeln sollte und wusste dabei innerlich, er würde es mir nicht abkaufen.

Doch Jonah bohrte dennoch nicht weiter. Ich wusste, er sah mir ganz genau an, dass gerade irgendetwas Seltsames passiert war. Trotzdem ließ er mich damit davonkommen. Diesmal zumindest. Und ich war ihm unendlich dankbar dafür.

Gegen Abend saßen wir wieder einmal alle zusammen – genau wie vor drei Jahren schon, nur dass wir heute statt Bier und Wein gemeinsam Glühwein tranken. Sogar Jason und Jonah, die sich anfangs dagegen gewehrt hatten, schlürften bereits ihren dritten Becher des süßen Getränks, das Mark und Beth von ihrem Weihnachtsurlaub in Europa im letzten Jahr in die Staaten mitgebracht hatten. Zwar kannte ich Glühwein bereits vorher, denn auch in Boston gibt es mittlerweile welchen – vor allem in der Nähe des Campus –, allerdings ist er in den U.S.A. dennoch und vollkommen unberechtigterweise nicht sehr weit verbreitet.

»Der Baum ist hübsch geworden, Parker. Das muss man dir echt lassen. Wie du es hinbekommen hast, ganze drei Weihnachtssterne auf die Spitze zu setzen, ist mir noch immer ein Rätsel!«, meinte Jason auf einmal sarkastisch und betrachtete mein Werk von weitem skeptisch und mit verzogener Miene.

»Mach dich nur weiter lustig darüber, Jase. Ich garantiere dir, spätestens heute Nacht steckt dann einer dieser Sterne plötzlich in deinem Auge, wenn du nicht aufpasst«, warnte Jonah ihn lachend und alle stimmten mit ein, während ich nur gespielt beleidigt zu schmollen begann.

»Ich weiß ehrlich nicht, was ihr alle gegen meine Art zu schmücken habt! Der Baum siehst wunderschön aus«, behauptete ich stur.

Jason nickte grinsend. »Ein bisschen aber auch wie… Regenbogenkotze. Musste der voll und bunt werden? Man sieht ja kaum noch die Lichterkette«, beschwerte er sich nicht ernst gemeint.

»Noch mehr Lametta hast du in den Kisten nicht finden können, die Cole mitgebracht hat, oder, Sommersprosse?« Jonah grinste amüsiert und legte einen Arm um meine Taille, um mich näher an sich zu drücken.

Schulterzuckend lächelte ich siegessicher. »Ihr seid nur alle neidisch auf mein Kunstwerk.«

Erneut lachten alle und ich bemerkte, wie Mark seiner Beth immer wieder fragende Blicke zuwarf, die ich nicht so recht verstand. Das ging bereits den ganzen Abend so und niemand außer mir schien das zu sehen. Nicht einmal Jonah, der ohnehin hin und wieder etwas abwesend wirkte. Lag es an dem, was vorhin zwischen uns passiert war oder daran, dass er noch heute Abend irgendetwas verkünden wollte. Ich hatte wirklich keine Ahnung, was hier eigentlich los war. Entweder mir entging einiges oder es war ein blöder Zufall, dass ausgerechnet diese drei sich seltsam verhielten. Jason und Cole zumindest waren genauso locker und entspannt, wie ich sie in Erinnerung hatte. *Wenigstens etwas*, dachte ich gerade, als Mark im nächsten Moment aufstand und mich aus den Gedanken riss.

»Leute, ich warte nun schon den ganzen verdammten Tag darauf, euch endlich etwas sagen zu können und auch wenn ich weiß, Beth wollte damit noch warten, so kann ich mich einfach nicht mehr zurückhalten. Dieser Moment – jetzt und hier… Wir sind alle zusammen und es ist Weihnachten. Wann könnte es einen besseren Zeitpunkt geben, als… «

»Mark, nein! Wir wollten doch warten.« Die Jungs und ich starrten Beth mit gerunzelter Stirn an.

Warten? Worauf wollten sie warten und was zur Hölle wollte Mark uns sagen? Ich war verwirrt und blickte zu Jonah, der aber nicht nur ebenso ahnungslos schien, er wirkte nahezu verloren, als er seine beiden Freunde fragend ansah. Vermutlich weil er es doch eigentlich war, der etwas verkünden wollte. Nun stahlen ihm Beth und Mark die Show.

»Beth, Liebes, es gibt einfach keinen besseren Zeitpunkt als jetzt, also lass es uns endlich mit unseren Freunden teilen. Mit unserer Familie!« Mark schien regelrecht beflügelt, als er seine Freundin flehend und entschuldigend zugleich ansah.

»Oh mein Gott! Ihr werdet heiraten!«, rutschte es Jonah plötzlich überrascht heraus, als er offenbar zu verstehen begann, was seine Freunde uns mitteilen wollten. Und auch mir fiel es nun wie Schuppen von den Augen. Natürlich wollten sie heiraten! Das war nicht nur logisch, es war auch vollkommen klar.

»Wir werden heiraten!«, bestätigte Beth tatsächlich tief durchatmend und grinste anschließend so breit wie ein glückliches Honigkuchenpferd. Ebenso wie Mark.

Geistesgegenwärtig stand ich auf und nahm meine Freundin in den Arm. »Herzlichen Glückwunsch, Beth. Ich freue mich so unglaublich für euch.« Lächelnd hauchte ich ihr einen Kuss auf die Wange und schloss auch Mark danach fest in meine Arme, nachdem er bereits von Jonah und den anderen beiden Jungs beglückwünscht wurde.

Nach drei Jahren glücklicher Beziehung war es nur konsequent und richtig, dass die beiden den nächsten Schritt machten. Mark und Beth gehörten einfach zusammen. Sie haben sich nicht gesucht und doch gefunden – so musste das sein, so musste es laufen. Und diese Beiden hatten es wirklich verdient, glücklich zu sein. Ich gönnte es ihnen aus tiefsten Herzen. Auch wenn in diesem Augenblick eine leise Stimme in meinem Inneren unweigerlich um Erlösung flehend zu schreien begann.

»Um ehrlich zu sein, wir würden euch gerne noch etwas sagen«, platzte es aus Beth nun euphorisch heraus und eine böse Ahnung beschlich mich.

»Ich werde Vater!«, verkündete Mark auch schon im nächsten Moment und ich spürte, wie sich um mich herum alles zu drehen begann. Das aufgewühlte, laute und freudige Gerede, das daraufhin startete, schien nur noch ein einziger Brei aus Worten und Lachen. Wieder fielen sich alle in die Arme und freuten sich gemeinsam. Nur ich hatte Mühe, mich zu rühren.

Erst als die erste Euphorie abgefallen war, riss ich mich meiner Freunde wegen zusammen und gratulierte ihnen, umarmte die baldigen Eltern und versuchte krampfhaft ehrlich und aufrichtig zu lächeln. Ob es mir jedoch gelang, hatte ich keine Ahnung. Es war mir zu einem gewissen Teil auch egal, so gern ich mich für Beth und Mark gefreut hätte. Ich konnte es nicht.

»Du bist also wirklich schwanger? Schon die ganze Zeit und sagst es mir nicht?« Jonah schien wahnsinnig entzückt über diese Neuigkeit und grinste.

»Du bist ja auch schließlich mein Boss. Was wenn du mich gefeuert hättest?« Beth scherzte, doch auch jetzt konnte ich nicht mit ihr und den anderen darüber lachen. Viel zu sehr kämpfte ich gegen den Drang aufzustehen und nach oben zu gehen. Mich zu verkriechen, solange, bis es nicht mehr wehtat.

»Warte mal, was ist mit dem Glühwein? Ist da etwa gar kein Alkohol drin und ich hab es mir die ganze Zeit nur eingebildet?«, fragte Cole verwirrt, doch Mark und Beth tauschten geheimnisvolle Blicke und lächelten.

»Keine Sorge, Kumpel. Ihr habt alle welchen mit Alkohol. Nur Beth hat den ohne«, erwiderte Mark und wechselte einen Blick mit Jonah. »Du weißt, du bist jetzt mein Best-Daddy-Buddy und musst mir alle Fragen beantworten, die mir seit Wochen im Kopf herumgeistern«, sagte er zu meinem besten Freund und erneut zog sich in meiner Brust alles zusammen.

»Mache ich sehr gerne! Vater werden ist nämlich mit nichts auf der Welt vergleichbar, glaube mir.«

Stumm betrachtete ich Jonahs zufriedenes Gesicht und schluckte hart.

»Du bereust es also nicht, Vater geworden zu sein? Keine einzige Sekunde?«, wollte Mark neugierig wissen.

Jonah lächelte glücklich. »Bereuen? Ganz im Gegenteil. Ich will es unbedingt wiederholen.«

Zwei Monate zuvor

»Miss Parker, Sie habe ich hier ja schon längere Zeit nicht mehr gesehen. Wie ist es Ihnen ergangen im letzten Jahr?« Lächelnd betrachtete Mr. Davidson – Dr. Davidson – mich von Kopf bis Fuß, als er das Behandlungszimmer betrat und mich auf dem Stuhl sitzen sah. Mir waren diese Blicke noch immer unangenehm, jedes Mal, wenn ich hier war. Doch das lag weniger an meinem Arzt als an der Tatsache, dass ich wusste, was gleich folgen würde.

Eine Untersuchung beim Frauenarzt kam für mich in etwa der bei einem Zahnarzt gleich. Nicht nur, weil ich mich schrecklich unwohl fühlte, sobald ich auf der Liege Platz genommen hatte. Es war mir auch nach wie vor nicht geheuer, auch wenn ich sehr wohl wusste, dass es absolut normal und etwas sehr natürliches war. Ich mochte es dennoch nicht.

Mein Körper gehörte mir allein. Doch sobald ich mich vor einem mir Fremden auszog, selbst wenn er Arzt war, fühlte ich mich jedes Mal irgendwie… verletzlich. Zumal mir das Vertrauen zu ihnen fehlte. Seit Bens Tod sogar mehr als vorher.

»Danke, es geht mir soweit ganz gut, denke ich«,

erwiderte ich hart schluckend, als sich Dr. Davidson mir gegenüber setzte und einen Blick in meine Patientenakte warf. Angespannt presste ich die Lippen zusammen.

»Sie sind hier, um…?« Er stoppte und schaute zu mir auf. »Scheinbar geht es hier nicht um die jährliche Vorsorgeuntersuchung. Welch erfreuliche Nachrichten.«

Überrumpelt blinzelte ich ein paar Mal. »Nein, nein, das hat Ihre Assistentin wohl falsch verstanden. Ich weiß es noch gar nicht. Also… Ich meine, ich weiß nicht, ob…« Aufgeregt holte ich tief Luft, bevor ich noch hyperventilierte und mein Herz mir aus der Brust sprang.

»Na, dann finden wir es doch einfach heraus.« Dr. Davidson lächelte noch immer, diesmal herzlicher als zuvor. Mir war allerdings weniger danach.

Ich hatte keine Ahnung, was ich von all dem halten sollte. Ich wusste nicht einmal, ob ich es wollte oder ob meine Angst überwog, dass es wahr sein könnte. Das Einzige, was ich wusste, war, dass es mir seit einigen Wochen nicht so gut ging. Besonders morgens. Und nach jedem Essen. Oder auch nur, wenn ich Essen roch. Dann musste ich mich übergeben und das nicht gerade selten.

Das alles wäre für mich nicht besonders erwähnenswert gewesen – oder zumindest kein Grund, um ausgerechnet zu einem Frauenarzt zu gehen. Doch als vor zwei Wochen dann auch noch meine Periode ausblieb, bekam ich doch ein wenig Panik.

»Darf ich fragen, wann Sie das letzte Mal... Geschlechtsverkehr hatten?« Dr. Davidson sah mich an, als hätte er mich gerade nach dem Wetter gefragt. Für ihn war das nicht nur Routine, es war absolut normal solche Fragen zu stellen. Mir aber war es unangenehm. Nicht weil ich ein Problem damit hatte über Sex zu reden. Ich hatte nur ein Problem damit, welche Erinnerungen seine Frage in mir weckte.

Erneut begann mein Herz zu rasen und mein Puls beschleunigte sich, als ich an das letzte Treffen von Jonah und mir dachte. Wir konnten nicht die Finger voneinander lassen, wie so oft in den letzten beiden Jahren. Immer wieder verfielen wir unseren Gefühlen, auch wenn ich es noch so sehr aufzuhalten versuchte. Sobald Jonah in meiner Nähe war und ich die Sehnsucht und den Hunger in seinem Blick erkannte, schaltete sich mein Verstand ab und mein Herz führte.

Abermals schluckte ich hart und kaute nervös auf meiner Unterlippe, während ich versuchte die aufsteigenden Gedanken an meinen besten Freund loszuwerden. »Das letzte Mal vor etwa vier Wochen, glaube ich.«

Dr. Davidson notierte etwas in meine Akte und

nickte. »Und Sie haben nicht verhütet?«

»Doch, doch, das auf jeden Fall«, widersprach ich hektisch und stolperte dabei beinahe über meine eigenen Worte. »Deswegen bin ich mir auch nicht sicher, ob es überhaupt sein kann.« Vielleicht war es auch eine einfache Magenverstimmung. War das nicht wahrscheinlicher?

Dr. Davidson sah wieder zu mir auf und begann erneut zu lächeln. »Es kann«, meinte er mit seltsamer Begeisterung in der Stimme. »Sie glauben ja nicht, wie viele Frauen trotz Verhütung, manchmal sogar doppelte, schwanger werden.«

Da war es – das Wort: Schwanger. Wie ein dicker, hässlicher Stempel, den ich, sobald es zur Gewissheit wurde, nicht mehr von meiner Haut waschen konnte. *Schwanger.* Ich? Unmöglich! Doch nicht jetzt, während ich mitten im Studium steckte! Nein, das konnte nicht sein. Deswegen hatte ich bis heute, bis zu diesem Termin, auch nicht einen einzigen Selbsttest gemacht. Ich wollte sicher sein, wenn ich es erfuhr. Hundert Prozent und absolut sicher.

Dabei wusste ich doch nicht mal, ob ich Kinder wollte. Früher war das mal ganz anders. Doch nun? Ich hatte keine Ahnung, ob ich mich freuen würde. Oder ob es richtig war. Oder falsch. Eigentlich wusste ich überhaupt nichts mehr. Nichts, außer eines: Jonah wäre überglücklich darüber.

7
Jonah

»Was ist los, Sommersprosse?« Ohne Aufforderung betrat ich das Gästezimmer, das Annie bewohnte. Den ganzen Abend nun schon hatte ich mitangesehen, wie sie immer stiller und in sich gekehrter wurde, während meine Freunde nach Marks und Beths Verkündungen ausgelassener als vorher waren. Irgendetwas stimmte nicht. Und das nicht erst seit heute.

»Was meinst du?« Gespielt ahnungslos sah mich meine beste Freundin an, während sie in ihrem Koffer wie so oft nach Bens Shirt suchte, das sie immer zum Schlafen trug.

Seufzend blieb ich direkt vor ihr stehen und nahm ihre Hände in meine, damit sie statt dem Koffer mir die volle Aufmerksamkeit schenkte. »Ich bin nicht blind, Annabelle, ich weiß, dass etwas nicht stimmt. Ich kenne dich. Schon vergessen?«

Sie schüttelte müde lächelnd den Kopf. »Es ist nichts, ehrlich. Ich… ich bin nur müde, glaube ich.« Ich glaubte ihr kein Wort.

»Darf ich bleiben?«, fragte ich daher vorsichtig und hoffte, sie würde sich nicht wieder vor mir verschließen, wie sie es in den letzten Wochen immer wieder versuchte.

»Seit wann brauchst du meine Erlaubnis?« Prüfend hob sie eine Augenbraue, als ich mich auf das Bett setzte, auf dem noch immer unsere beiden Weihnachtsgeschenke unausgepackt nebeneinander lagen.

Nachdenklich musterte ich sie einen Moment. »Verrückt oder? Das mit Beth und Mark, meine ich. Noch vor drei Jahren trauten sie sich nicht, sich gegenseitig ihre Liebe zu gestehen und jetzt…?!«

»Ja, verrückt«, unterbrach Annie mich unbeeindruckt und es wirkte beinahe, als würde sie dieses Thema nicht gerne mit mir besprechen.

»Du scheinst dich für die Beiden nicht so sehr zu freuen, wie ich dachte«, bemerkte ich misstrauisch.

Annie schaute mich verunsichert an. »Natürlich freue ich mich für sie! Schließlich musste ich Beth damals immer wieder einreden, sie sollte es ihm sagen und dass sie zusammengehören und es einfach versuchen sollten.«

Ironisch lachte ich auf. »Klingt nach derselben Situation, die wir momentan haben.«

Wütend schob sie die Augenbrauen zusammen und funkelte mich angriffslustig an. »Das kannst du nicht miteinander vergleichen, Jonah. Wir kennen uns schon unser ganzes Leben.«

»Gerade deswegen verstehe ich nicht, warum du Beth dann dazu geraten hast, es mit Mark zu versuchen, während du mich noch immer auf Abstand hältst, obwohl du ganz genau weißt, dass auch wir zusammengehören.«

Sie seufzte erschöpft und wich meinem Blick aus. »Das Thema hatten wir Thanksgiving geklärt, soweit ich mich erinnere.«

Fassungslos schnaubte ich. »Hatten wir das? Ich kann mich nämlich nur daran erinnern, dass du für dich selbst entschieden hast, es würde keinen Sinn machen. *Ich* hingegen habe dir gesagt, ich werde niemals aufgeben und es immer wieder versuchen.«

Annabelle schüttelte überfordert den Kopf und vergrub ihr Gesicht in ihren Händen. »Jonah, ich bin wirklich müde und fühle mich gerade echt nicht in der Lage, noch einmal mit dir darüber zu diskutieren. Können wir nicht einfach…?«

»Ich höre auf mit der Musik«, platzte ich ihr dazwischen. Ich konnte einfach nicht mehr warten, bis sie es erfuhr. Vor allem nicht dann, wenn es ihre Meinung über uns vielleicht ändern könnte.

»Du… Was?!« Annie starrte mich entsetzt und sprachlos an.

»Das ist das, was ich vorhin eigentlich verkünden wollte. Ich werde die Band verlassen und kein Musiker mehr sein«, erklärte ich angespannt und beobachtete dabei ihre Mimik ganz genau.

»Was redest du denn da?«, fragte sie fassungslos und schüttelte abermals den Kopf, weil sie es nicht glauben konnte.

»Ich wollte es den Jungs vorhin eigentlich sagen, weil ich dachte, es wäre der passende und geeignete Moment an diesem Weihnachtsabend, aber… Ich wollte Beth und Mark den Augenblick nicht kaputt machen, nachdem sie ihre Neuigkeiten verkündet haben.«

Annabelle blieb stumm. Abschätzend betrachtete sie mich und schien nachzudenken. Über was, wüsste ich nur zu gern. Wurde ihr endlich bewusst, dass wir beide doch eine Chance hatten? War ihr klar, was das für uns bedeuten könnte? Oder waren ihre Gedanken ganz woanders und ich machte mir nur wieder einmal vergeblich Hoffnung?

»Bitte sag doch was«, bat ich sie leise, um die Stille zwischen uns zu brechen, die mich in diesem Moment zu erdrücken drohte.

Annie aber blinzelte nur verwirrt. »Ich verstehe das nicht. Was meinst du damit, du verlässt die Band und hörst mit der Musik auf?«

Um Himmels Willen, *wollte* sie es nicht begreifen? Beinahe schien es mir so. »Ich meine damit, dass ich kein Musiker mehr sein will. Keine Konzerte, kein ständiges Umherreisen, keine Tourneen mehr. Ich werde nicht mehr auf der Bühne stehen.«

Fragend starrte sie mich noch immer an. »Was… was willst du dann tun?«

Schulterzuckend seufzte ich. »Ganz mit der Musik kann und werde ich wohl nie aufhören können. Daher habe ich mich entschieden, das zu tun, was ich schon immer tun wollte. Das, woran mein Herz am meisten hängt.«

»Du willst Songs schreiben, hab ich Recht?«, kam es augenblicklich von ihr. Ein Lächeln konnte sie sich trotz des Schocks nicht verkneifen. Sie wusste, Schreiben war das, was ich liebte.

Nickend erwiderte ich ihr Lächeln und war für einen kurzen Moment erleichtert über ihre Reaktion. »Ich hab bereits zusammen mit Beth mit der Plattenfirma gesprochen. Sie werden darüber nachdenken, ob sie mich weiter unter Vertrag haben wollen – jedoch nur noch als Songwriter.«

Annie nickte verstehend, schien jedoch nicht sicher, was sie darüber denken oder was sie dazu sagen sollte. Grübelnd setzte sie sich langsam neben mich auf das Bett und starrte verloren auf die Wand gegenüber.

Eine ganze Weile saßen wir einfach nur so da und sagten kein Wort. Bis meine bester Freundin sorgenvoll die Stirn in Falten legte und mich durchdringend anschaute. »Jonah… Wieso tust du das? Warum…? Was ist der Grund dafür?«

Nun ahnte ich, was in ihrem Kopf vor sich gehen musste. Sie hatte Schuldgefühle. Annie kannte mich gut genug um zu verstehen, weswegen ich diese Entscheidung traf. Natürlich begriff sie so langsam, dass es auch mit ihr zu tun hatte. Mit dem, was sie mir am Abend von Thanksgiving sagte. Jetzt hatte sie Angst davor, schuld an all dem zu sein. Und diese Angst wollte ich ihr nehmen.

Wieder nahm ich behutsam ihre Hände in meine, damit sie mir in die Augen sah, und lächelte entschlossen. »Es war einfach an der Zeit, Annie. Ich bin schon zu lange unterwegs, stehe zu viele Jahre auf den Bühnen des Landes und langsam aber sicher möchte ich endlich ankommen. Ich brauche das alles nicht mehr, den Trubel, den Lärm, die Fans, so sehr ich ihnen auch dankbar für all das bin. Alles, was ich möchte und alles, was ich brauche, ist ein einigermaßen geregeltes Leben zusammen mit meiner Tochter und… mit dir, Annabelle. Dich brauche ich genauso sehr wie sie, auch wenn du es noch immer nicht wahrhaben oder einsehen willst. Gracey und du, ihr seid mein Leben. Nicht die Musik und schon gar nicht das Rampenlicht.«

Meine beste Freundin riss panisch die Augen auf. »Bitte sag mir, dass du diesen Entschluss nicht wegen mir getroffen hast. Nicht wegen dem, was ich dir Thanksgiving gesagt habe.«

Irritiert ob ihrer Reaktion runzelte ich die Stirn. »Nicht nur, nein. Und doch war es ausschlaggebend. Aber mach dir keine Gedanken, ich…«

»Jonah«, unterbrach Annabelle mich verzweifelt und sah mich an, als hätte ich gerade ihr ganzes Leben zerstört. Dabei wollte ich sie mit meinen Worten doch nur beruhigen. Scheiße nochmal, was war zurzeit eigentlich los mit ihr? Seit Wochen war sie seltsam abweisend und ließ mich nicht mehr an sich heran. Hatte ich irgendetwas verpasst? Oder hatte ich wieder einmal irgendetwas falsch gemacht? Ich war mir ehrlich gesagt keiner Schuld bewusst und dennoch verunsicherte mich ihr Verhalten enorm.

»Du musst dich dafür nicht verantwortlich fühlen. Es ist meine Entscheidung, mein Leben und meine Zukunft. Ich tue das alles nur für mich und für das, was mir wichtig ist«, versuchte ich beharrlich zu bleiben und ihr meine Situation zu erklären, doch Annabelle schien es nicht verstehen zu wollen.

Grob befreite sie ihre Hände aus meinen und fuhr sich mit ihnen verzweifelt durch das Gesicht. »Das hab ich nicht gewollt, hörst du? Ich wollte nicht, dass du wegen mir deinen Traum aufgibst. Musik bedeutet dir alles und ich möchte keinesfalls der Grund dafür sein, dass du damit aufhörst.«

»Ich will schreiben, Annabelle. Das wollte ich schon immer, erinnerst du dich? Ich hatte nie davon geträumt, eines Tages selbst auf der Bühne zu stehen, ich wollte nur die Songs dazu schreiben können, mehr nicht. Mein Traum war genau das und diesen werde ich mir jetzt erfüllen.«

Annie warf mir einen skeptischen Blick zu. »Dein Traum war es zu reisen, Jonah. Du bist nicht dafür geschaffen, an einem Ort zu bleiben, schon gar nicht für den Rest deines Lebens.«

»Das werde ich auch nicht. Als Songwriter komme ich hin und wieder genauso in den Genuss, ein wenig quer durch das Land zu reisen. Auch wenn ich ehrlich gesagt denke, dass ich ohnehin schon alles gesehen habe. Ich war schließlich sechs Jahre unterwegs! Und das nicht nur in den Staaten. Ich bin gut herumgekommen, glaube mir. Ich habe viel gesehen und noch viel mehr erlebt in dieser Zeit. Jetzt aber... Jetzt möchte ich ein Zuhause, ich möchte ankommen. Vor allem möchte ich bleiben können. Kannst du das denn nicht verstehen?«

Stille. Dann ein zartes, wenn auch schuldbewusstes Lächeln. »Doch, das kann ich.«

»Warum ist dann der Gedanke so abwegig für dich, dass *du* mein Zuhause werden kannst? Was hindert dich noch, Annie? Warum können wir es nicht endlich versuchen?«, fragte ich leise und klang flehender als gewollt. Dabei wollte ich nicht verzweifelt wirken, auch wenn ich mich genau so fühlte – verzweifelt! Was musste ich noch tun, um ihr zu beweisen, dass wir zusammengehören? Mein Herz gehörte ihr allein, sie wusste das. Und ich war nach wie vor sicher, auch ihr Herz gehörte mir. Ganz egal wie kühl und abweisend sie sich mir gegenüber verhielt in letzter Zeit. An ihren Gefühlen zu mir hatte sich nichts geändert, das spürte ich.

Erschöpft atmete Annabelle einmal tief durch und starrte hinaus zum Fenster, das nichts außer Dunkelheit dahinter verbarg. »Können wir das Thema vielleicht für heute Abend mal pausieren? Würdest du mir diesen Gefallen tun?«, bat sie mich aufrichtig.

»Du weißt, das fällt mir schwer«, gestand ich leise.

Annie lächelte liebevoll, als sie mich anschaute.

»Versuch es für mich, okay? Lass uns einfach so tun, als stünde im Moment nichts zwischen uns. Keine unbeantworteten Fragen, keine unausgesprochenen Sachen oder... Gefühle. Lass uns einfach nur zusammen hier sitzen und gemeinsam Schweigen. Meinst du, das könntest du für mich tun?«

Schwer seufzend zog ich sie auf meinen Schoß und in meine Arme. »Ich würde alles für dich tun.«

Sanft spürte ich ihr Lächeln auf meiner Haut, als sie ihr Gesicht wieder einmal an meinem Hals vergrub und ich genießend meine Augen schloss. Am liebsten hätte ich sie nie wieder losgelassen und hätte bis ans Ende meiner Tage hier mit ihr gesessen und geschwiegen. Hauptsache sie war bei mir, Hauptsache, sie war mir nah und ich konnte ihren Duft einatmen und mich von ihm einhüllen lassen, wie in eine hübsche, warme Blase, die mich beschützte und in der ich mich immer geborgen fühlte.

»Frohe Weihnachten, Sommersprosse«, flüsterte ich irgendwann, als ich meine Lider wieder öffnete und im Augenwinkel die beiden Geschenke neben uns entdeckte. Lächelnd reichte ich ihr meins und hauchte einen Kuss auf ihre Wange.

Annie blinzelte, als sie sich nur so viel wie nötig von mir löste, um das Geschenk entgegenzunehmen. »Das habe ich schon fast vergessen«, meinte sie schmunzelnd.

Ich grinste. »Mach es auf.«

Vorsichtig begann sie das Geschenkpapier von der Verpackung zu lösen und stoppte in ihrer Bewegung, als sie erkannte, was sich darunter befand.

»Ich dachte mir, du würdest es gerne wiederhaben wollen«, erklärte ich lächelnd und deutete auf das vertraute, alte Foto, das ich in einen hübschen, passenden Bilderrahmen gesteckt hatte.

Annie schnappte überwältigt nach Luft und versuchte die Tränen zurückzuhalten, die sich unweigerlich in ihren Augen sammelten. »Ich dachte, es wäre damals im Krankenhaus verloren gegangen. Dabei war es die ganze Zeit bei dir?« Sie schaute gerührt zu mir auf und eine einsame Träne rollte über ihre Wange, die ich ihr sanft mit meinem Daumen vorsichtig wegwischte.

»Ich wollte nicht, dass du es in einem Wutanfall oder vor lauter Trauer und Schmerz vielleicht wegschmeißt oder es gar verbrennst«, gestand ich mit leicht schiefem Grinsen und entlockte ihr damit ein amüsiertes Lachen.

»Du kennst mich wirklich zu gut«, sagte sie und küsste mich unerwartet, wenn auch viel zu kurz und dermaßen hauchzart, dass ich beinahe glaubte, es geträumt zu haben. »Danke, dass du es für mich aufbewahrt hast. Es bedeutet mir unendlich viel.« Annie lächelte selig, als sie das alte Kinderfoto von ihrem

Bruder, sich und mir in den Händen betrachtete. Es war genau dieses Foto, das uns vor über drei Jahren nach Bens Tod wieder zusammengebracht hatte. Nur weil sie es damals bei sich trug und Ben, dieser Idiot, der es wohl schon vorher gewusst haben musste, meine Nummer auf die Rückseite für sie draufgekritzelt hatte…

»Warte. Ist mein Geschenk für dich auch noch hier?«, fragte Annie auf einmal heiser und wischte sich eine weitere Träne von ihrer Wange, bevor sie an mir vorbeigriff und mir anschließend mit zufriedenem und seligen Lächeln das Geschenk in die Hände drückte. »Mach es auf.«

Neugierig grinsend öffnete ich die rote Schleife an der kleinen Schachtel und hob den Deckel an. Doch was ich darin sah, machte mich schier sprachlos. Bei Annie hätte ich mit einigem gerechnet. Sogar damit, dass sie mir ein Scherzgeschenk machte. Doch das hier?

»Ben hätte gewollt, dass *du* sie bekommst.« Meine beste Freundin schluckte schwer, bevor sie die Tränen nun gar nicht mehr zurückhalten konnte. Vorsichtig nahm sie die alte Armbanduhr aus der kleinen Schachtel und legte sie mir um das Handgelenk.

Es war das einzige Erbstück, das Ben und Annie von ihren Eltern behalten hatten, nachdem diese damals bei dem tragischen Unfall ums Leben kamen. Ihr Dad hatte sie zum ersten Hochzeitstag von ihrer Mom geschenkt bekommen und seitdem hatte er sie immer getragen, er hatte sie niemals abgelegt, außer zum Duschen und Schlafen. Mr. Parker liebte diese Uhr und genauso liebte sie später auch Ben, der sie nach dem Tod seines Vaters behalten und immer getragen hatte.

Ich konnte nicht glauben, dass mir Annabelle ausgerechnet diese Uhr schenken wollte. Sie hatte doch sonst nichts mehr, was sie an ihre Eltern erinnerte. Außerdem gehörte sie Ben. Nach wie vor.

»Annie, bist du dir sicher, dass du sie weggeben willst? Es ist schließlich alles, was dein Dad euch hinterlassen hat«, gab ich zu bedenken, da ich mich mit diesem Gedanken nicht wirklich wohlfühlte, auch wenn es mich natürlich ehrte und auch wahnsinnig rührte, dass sie diese Uhr nun ausgerechnet mir schenken wollte. Das bedeutete zumindest, dass sie mir wieder vertraute. Voll und ganz und ohne Zweifel.

Meine beste Freundin nickte lächelnd, während sie mit ihren Tränen kämpfte. »Ich bin sicher, ja. Ben liebte sie und genauso liebte er dich. Er hätte es so gewollt, das weiß ich.«

Hart schluckend zog ich sie erneut in meine Arme und hielt sie so fest es ging. »Ich liebe dich, Annie. Das habe ich schon immer und werde es auch für den Rest meines Lebens tun. Ich hoffe, das weißt du.«

Zehn Monate zuvor

Befriedigt lächelnd starrte ich hoch zur Decke meines Tourbusses. Das Mädchen meiner Träume lag gerade nackt neben mir in meinen Armen und auch sonst hätte mein Leben nicht besser laufen können, dachte ich, als ich ein sanftes Kitzeln an meinem Hals verspürte.

»Über was denkst du nach, Reeves? Du siehst aus wie damals, als du dir dieses Video von den dreizehn verschiedenrassigen Hundewelpen in Dauerschleife angesehen hast«, meinte Annabelle grinsend und legte sich splitterfasernackt wie sie gerade war auf meine Brust und zwischen meine Beine, um mir besser in die Augen schauen zu können.

Glücklich betrachtete ich ihr Gesicht. »Vielleicht weil dreizehn eine sehr schöne Zahl ist«, erwiderte ich ebenfalls grinsend und malte mit meinem Finger jeden ihrer Sommersprossen nach.

»Im Ernst, was heckst du gerade aus? Ich sehe dir doch an, dass du irgendetwas vorhast«, ließ Annie nicht locker und musterte mich eindringlich.

»Ich frage mich nur…« Nachdenklich überlegte ich, wie ich ihr diese Frage stellen konnte, ohne sie dabei wieder vor den Kopf zu stoßen oder ganz zu verlieren, wenn ich sie in die Ecke drängte. Ich wusste, jetzt musste ich äußerst vorsichtig vorgehen, wenn ich zum Ziel kommen wollte. »Was machen wir hier?«, wollte ich durch die Blume schließlich von ihr wissen und beobachtete dabei jede noch so kleine Regung in ihrer Mimik.

»Hier in deinem Tourbus?«, fragte Annabelle noch immer grinsend und schien meine Anspielung nicht zu verstehen.

»Nein, ich meine… *Wir.* Was machen *wir* hier? Wieso landen wir immer wieder zusammen im Bett, wenn du doch scheinbar nur Freundschaft willst? Das ist schließlich das, was du jedes Mal sagst, wenn ich dir zu nahe komme. Doch dann…« *Dann können wir uns nicht mehr zurückhalten und küssen uns. Und sobald wir uns küssen, können wir nicht mehr damit aufhören. Wie zwei hungrige, einsame Wölfe, die nicht anders können, die sich gegenseitig brauchen und sehnsüchtig nach dem jeweils anderen lechzen, weil die Gier und die Leidenschaft schlicht zu groß sind.*

Annabelle versuchte abzulenken, ich sah es an

ihrem Blick, der mit einem Mal nervös wirkte. »Noch nie etwas von Freundschaft Plus gehört?«, scherzte sie. Zumindest hoffte ich, dass es ein verfluchter Witz war. Freundschaft Plus kam für mich auf keinen Fall in Frage!

»Du verarschst mich doch, oder?« Das Grinsen verschwand nun endgültig aus meinem Gesicht.

Annies hingegen tauchte wieder auf, verspielt und belustigt. »Ein bisschen vielleicht.«

Ich seufzte erleichtert auf und sah sie intensiv an. »Was machen wir dann hier, Annabelle? Im Ernst, was ist das zwischen uns?«

»Muss es denn einen Namen haben?«, wollte sie leicht genervt wissen und versuchte aufzustehen, doch ich ließ es nicht zu. Meine Arme schlangen sich um ihren nackten Körper und behielten ihn damit weiter auf meinem.

»Du weißt, was ich von dir wissen will, Parker«, raunte ich unkontrolliert und wurde ungeduldig. Scheiß auf Vorsicht und dass ich sie damit bedrängen könnte. Sie schien in diesem Moment stark genug dem standzuhalten und mich nicht von sich zu stoßen, nur weil ich nicht locker ließ.

Dennoch versuchte sie sich aus meiner Umklammerung zu befreien. »Ich sollte jetzt besser gehen, bevor wir anfangen zu streiten«, sagte sie vorwurfsvoll, lächelte aber tapfer, als sie merkte, dass ich meinen

Griff nicht lockerte und sie deswegen an Ort und Stelle hielt – nämlich genau auf meiner Brust, direkt über meinem lautstark pochenden Herzen, welches sie längst hören musste.

»Selbst wenn du jetzt gehst, du kannst dich nicht vor mir verstecken. Wir sind noch ganze zwei Tage hier in Boston und du weißt, ich komm und hol dich, wenn es sein muss. Es bringt also nichts vor mir wegzulaufen«, knurrte ich warnend und ernst gemeint.

Sie lächelte aber noch immer. »Du solltest los. Deine Soundprobe beginnt in einer halben Stunde.« Was für ein durchtriebenes und gemeines Biest sie doch sein konnte, wenn sie wollte!

»Bitte, sag es. Sag es nur einmal. Für mich«, flehte ich nun etwas sanfter.

Annabelle stellte sich aber weiterhin dumm. »Ich weiß nicht, was du von mir hören willst, Jonah.«

»Dass du mich liebst, verdammt nochmal!«, platzte es verzweifelt aus mir heraus.

Annies Lächeln wurde weicher, jedoch nicht weniger verzweifelt als ich mich gerade fühlte. »Es würde dir nichts bringen, Jonah. Ich will keine Beziehung. Ich möchte einfach nichts Festes.«

»Sag es«, forderte ich dennoch hartnäckig weiter. »Annabelle, sag es.« Nur einmal! Ich wollte es doch nur ein einziges Mal aus ihrem Mund hören, ganz egal, ob sie uns beiden eine Chance geben wollte oder nicht. Das spielte für mich gerade keine Rolle. Ich wollte nur hören, dass sie mich liebte. Mehr war in diesem Moment nicht wichtig. »Sag es, Sommersprosse«, flüsterte ich verloren und flehend, während mich ihr verzweifelter Blick gefangen hielt und ihre Lippen sich plötzlich hauchzart an meine lehnten.

»Ich liebe dich, Jonah.«

8

Annabelle

Hätte mir vor zwölf Monaten jemand gesagt, dass dieses Jahr für mich so enden würde, ich hätte mich vermutlich ganz tief unter meiner Bettdecke verkrochen und wäre nie wieder herausgekommen. Die Ereignisse und der Druck des Studiums, aber auch von Jonah und all meinen Freunden, die gewisse Erwartungen an mich hatten, waren langsam schlicht zu viel für mich.

Ein Wunder also, dass ich es heute doch tatsächlich noch einmal geschafft hatte, mich einigermaßen hübsch zu machen und auf diese bescheuerte Silvesterparty zu gehen, auf der es nur so von gutgelaunten, entspannten Studenten wimmelte, die Spaß hatten und sich ganz offensichtlich amüsierten. Ich hingegen stand bereits seit Stunden in irgendeiner Ecke und sah mir stumm und teilnahmslos das Treiben der Betrunkenen an.

Hayden und Mary-Louise hatten mich hierher geschleppt, sie wollten mich an diesem Abend keinesfalls in unserem Zimmer im Wohnheim allein lassen. Das Ende eines Jahres zu feiern, das für mich nicht besonders gut verlief, war nichts worauf ich wirklich Lust hatte. Schon gar nicht, wenn das in wenigen Stunden startende neue Jahr genauso beschissen weitergehen würde, wie das alte endete.

Normalerweise hätte ich mich vielleicht gerade aus diesem Grund ins Getümmel stürzen und mich ebenfalls betrinken müssen. Ich tat es jedoch nicht. Denn selbst dazu fehlten mir die Lust und ein gewisser Antrieb.

Weihnachten und das, was in Kanada auf der Hütte in den Bergen geschehen war, lagen mir noch schwer im Magen. Ich fühlte mich schlecht, weil ich Jonah nicht die Wahrheit gesagt hatte. Die Wahrheit darüber, was wirklich mit mir los war und weswegen ich mich nach wie vor dagegen wehrte, ihm – vor allem aber uns – eine echte Chance zu geben…

Allerdings war die Wahrheit auch genau der Grund, warum für mich plötzlich kaum noch etwas Sinn ergab. Ganz egal, wie gut es mit meinem Studium und Harvard lief, egal, ob ich Fortschritte im Labor machte und was das für meine Zukunft bedeutete. Das spielte seit einigen Wochen keine Rolle mehr. Nicht seitdem ich die Gewissheit hatte, dass mein Leben anders verlaufen wird, als ich es geplant und mir früher erträumt hatte.

Seltsam wie etwas, von dem du zuvor nicht sicher warst, dass du es irgendwann einmal unbedingt und so wahnsinnig sehr in deinem Leben haben wolltest, an Stellenwert gewann, wenn dir plötzlich jemand sagte, dass es dir vergönnt war und du es niemals erleben würdest. Welch beschissene Ironie! So langsam bekam ich das Gefühl, jemand da oben, der verantwortlich für all das war, machte sich über mein gesamtes Leben lustig. War es nun Gott oder das Universum selbst, es war mir egal. Tatsache war, dass seit meinem 16. Lebensjahr nur noch Scheiße um mich herum passierte. Mir wurde alles genommen. Nun auch noch das…

»Du scheinst dich ja nicht besonders zu amüsieren hier.«

Erschrocken zuckte ich zwar zusammen, doch ich musste mich nicht umdrehen, um zu wissen, wer neben mir stand. Erleichtert lächelnd blickte ich zu ihm auf. »Was machst du hier, Reeves? Ich dachte, du bist mit den Jungs unterwegs, um euren letzten Jahreswechsel als Band zu feiern.«

Vor wenigen Tagen hatte Jonah ihnen endlich gesagt, dass er mit dem Singen aufhört und den Bühnen der Welt den Rücken kehrt. Scheinbar verstanden sie es alle, was den Schock darüber natürlich trotzdem nicht minderte. Wie es für die Jungs ab dem Frühjahr, nach dem letzten Gig ihrer ebenso letzten Tournee weitergehen würde, wusste niemand. Doch mein bester Freund hatte Recht, jeder von ihnen wollte weiterhin das tun, was er liebte. Sie würden immer Musik machen, ganz egal, für wen sie dafür auf der Bühne standen. Vielleicht aber blieben sie sogar zusammen und gründeten ihre eigene Band. Schließlich waren sie durch Jonahs Erfolg mittlerweile ebenso bekannt und auch bei den Fans nicht unbeliebt. Ich war sicher, sie brauchten nur einen neuen Leadsänger und schon würde es mit dem Erfolg erneut klappen. Das war auch Jonahs Überzeugung.

Er grinste. »Die Jungs und ich werden auch die nächsten Jahre zusammen Silvester feiern, da sind wir uns einig. Schließlich habe ich gestern einen Anruf von Flynn erhalten, der mir mitgeteilt hat, dass sie mich weiterhin unter Vertrag behalten – als Songwriter für ihre Bands und Künstler.«

Überrascht riss ich die Augen auf. »Im Ernst? Das

sind wirklich tolle Neuigkeiten, Jonah!« Glücklich für ihn und mächtig stolz fiel ich ihm in die Arme und schmiegte mich an sein Sakko, dass er heute extra zum Jahreswechsel angezogen hatte. Allerdings kombiniert mit einer lässigen Jeans, wie konnte es anders sein. Jonah war niemand, der sich gern verkleidete. Er blieb immer er selbst.

»Wieso stehst du hier so allein in der Ecke, wenn die Leute um dich herum sich doch amüsieren?«, wollte er in meine Haare hinein nuschelnd wissen und ich schmunzelte.

»Mir ist nicht danach, das ist alles. Die viel wichtigere Frage ist doch, wie hast du mich schon wieder gefunden?« Nur ein ganz klein wenig löste ich mich von ihm und schaute ihm prüfend in die Augen.

»Mary-Louise. Ich hab mir bei meinem letzten Besuch vorsichtshalber ihre Nummer notiert, die sie mir bereitwillig gegeben hat.« Jonah grinste.

»Soll das heißen, meine eigene Mitbewohnerin und Freundin hat mich an dich verraten?«, fragte ich skeptisch und hob eine Augenbraue, musste mir jedoch das Lachen verkneifen, als ich seinen selbstzufriedenen Ausdruck in seinen moosgrünen Augen erkannte.

»Scheint so.«

Kopfschüttelnd lächelte ich vor mich hin und sah mich nach meinen Freundinnen um, die ich bereits seit einiger Zeit nicht mehr gesehen hatte. Wahrscheinlich hingen sie längst an einem Typen, den sie heute Abend abschleppen wollten. Das war wirklich nichts, wobei ich dabei sein musste.

»Wollen wir vielleicht woanders hingehen?«, fragte ich meinen besten Freund deswegen. »Ich fühle mich hier irgendwie… fehl am Platz. Außerdem wäre es dir sicher auch lieber, nicht von allen um dich herum erkannt zu werden.«

Jonah zuckte mit den Schultern und lächelte. »Von mir aus gern. Nur kenne ich mich hier in Boston nicht aus, daher…«

Ich ließ ihn gar nicht erst ausreden. Grinsend nahm ich seine Hand in meine, schnappte mir im Vorbeigehen meinen Mantel, in dem auch mein Schal steckte, und führte uns beide aus der Menge, weg von den partywütigen Studenten und hinaus ins Freie, wo es tatsächlich noch immer schneite. Keine Seltenheit in Boston, worüber ich ganz besonders glücklich war. Seit meiner Kindheit liebte ich den Winter und ganz besonders den Schnee. Und so ist es noch heute.

Kurz schaute ich zu Jonah, der aber in seinem Sakko nicht zu frieren schien und so sagte ich nichts dazu, sondern führte ihn Hand in Hand in einen kleinen, verlassenen Park, in dem ich oft auf einer der Bänke saß und lernte, wenn es im Wohnheim zu laut wurde und ich mich dort nicht mehr konzentrieren konnte.

Auch jetzt war der Park menschenleer und lag einsam inmitten Bostons wie eine hübsche, kleine Winterlandschaft mit seinen verschneiten Nadelbäumen und den ebenso schneebedeckten Wegen.

Lächelnd sah ich zu meinem besten Freund. »Danke, dass du gekommen bist, um heute bei mir zu sein.«

Jonah erwiderte mein Lächeln jedoch nicht, viel eher schlich sich ein besorgter Ausdruck in sein Gesicht. »Ich hatte die letzten Wochen irgendwie das Gefühl, du brauchtest mich mehr als sonst. Auch wenn du natürlich exakt das Gegenteil davon behauptet hast. Deswegen bin heute hergekommen.«

Verunsichert schaute ich zu Boden. »Du hast es also bemerkt?«

Jonah blieb stehen und legte seine andere Hand unter mein Kinn, damit ich zu ihm aufsah. »Selbstverständlich habe ich das, Sommersprosse. Ich merke immer, wenn es dir nicht gut geht oder wenn irgendetwas nicht stimmt. Und ich weiß auch, dass dich seit einigen Wochen etwas quält. Nur weiß ich leider nicht, was es ist und kann dir deswegen nicht helfen.«

Hart schluckend versuchte ich zu lächeln. »Das kannst du leider ohnehin nicht. Niemand kann das.«

Jonah runzelte verwirrt die Stirn, während seine Sorgenfalten immer größer wurden. »Was ist los, Annabelle? Du weißt, ich bin immer für dich da und ich tue alles dafür, dich glücklich zu sehen. Du musst es mir nur sagen, hörst du?«

Tief holte ich Luft, fand jedoch nicht die passenden Worte für das, was mich beschäftigte. Deswegen ließ ich erneut den Kopf hängen und seufzte. »Ich weiß nicht wie, Jonah. Ich habe keine Ahnung, wie ich dir das sagen soll. Ich finde ja nicht einmal die Worte dafür, um es mir selbst erklären zu können. Ich… Ich weiß einfach nicht, wie«, gestand ich verzweifelt und unterdrückte die aufsteigenden Tränen, die unweigerlich versuchten ihren Weg nach draußen zu suchen.

Jonah schien das zu verstehen und zog mich daher wortlos an seine Brust, umschloss mich fest und schützend mit seinen starken Armen und ließ mich meine Gedanken sortieren, die in meinem Kopf wie verrückt zu kreisen begannen.

Ich wusste nicht, ob es der richtige Moment war, um ihm die Wahrheit zu sagen. Vor allem hatte ich aber auch einfach Angst davor. Ich hatte Angst vor seiner Reaktion und alles, was darauf folgte. Ich wollte ihn nicht verlieren, nicht noch einmal und doch wusste ich, es wäre vermutlich besser so. Für ihn und seine Zukunft zumindest. Und das war schließlich alles, was zählte.

Fest schloss ich meine Augen und atmete noch einmal tief durch, bis ich mir sicher war, was ich wollte. Ich wollte ihn glücklich sehen und ihm sein Leben nicht damit versauen, nur weil ich ihm nicht das geben konnte, was er so sehr wollte. Ich wollte ihm und seinem Glück nicht im Weg stehen, deswegen musste ich es ihm sagen. Jetzt…

Mit bebender Stimme formte ich die Worte, die mein Leben änderten: »Ich kann keine Kinder bekommen.« Ein Schluchzen drang unweigerlich aus meiner Kehle, ohne dass ich Kontrolle darüber hatte oder es aufhalten konnte. Doch mein bester Freund rührte sich nicht und ich war mir nicht sicher, ob er mich überhaupt gehört hatte. Noch immer hielt er mich fest in seinen Armen und sagte kein Wort, deswegen schob ich ihn vorsichtig von mir und schluchzte erneut. »Jonah?«

Der Ausdruck in seinen Augen erschreckte mich. So hatte ich sie nur selten zuvor gesehen. Zuerst angsterfüllt und voller Verweigerung, nun wirkte mein bester Freund beinahe leer und verloren.

»Bist du dir sicher?«, fragte er nach einer gefühlten Ewigkeit und seine Stimme bebte ebenso wie meine zuvor.

»Absolut sicher«, schluchzte ich noch immer und schaffte es einfach nicht, die Tränen zu stoppen.

»Wie… wie lange weißt du das schon?« Jonah rührte sich noch immer keinen Zentimeter, er schien in Schock. Ich konnte es ihm nicht verübeln.

»Ich habe es kurz vor Thanksgiving erfahren. Es mussten viele Tests gemacht werden, aber… So sieht die Wahrheit jetzt aus.« Hastig wischte ich mir über das nasse Gesicht und versuchte mich zusammenzureißen. Allerdings fiel es mir schwer, wenn ich dabei in Jonahs Augen den Schmerz, den meine Worte in ihm hervorriefen, sehen musste, den auch ich tief in mir drin empfand.

»Ich weiß nicht, was ich sagen soll, Annie.« Mein bester Freund schien völlig verloren und ich kannte das Gefühl nur allzu gut. Das Gefühl, als würde dir jemand den Boden unter den Füßen entreißen.

Ich musste es schon einige Male in meinem Leben durchstehen und dabei versuchen nicht den Halt zu verlieren. Zuerst Mom und Dad, dann auch noch Ben. Und nun? Jetzt war es mir auch noch vergönnt, eigene Kinder zu bekommen. Welch ein schlechter Scherz und doch so bitter wahr.

»Du musst nichts dazu sagen«, wisperte ich meine Tränen unterdrückend. »Es ist eben so. Das ist die ekelhafte Wahrheit und sie lässt sich nicht ändern.«

Jonah atmete tief die kalte Winterluft ein und schaute verzweifelt hoch zum Nachthimmel. »Wie hast du es erfahren? Ich meine, wie… Woher hast du…?« Er fand nicht die richtigen Worte. Auch das verstand ich und wusste ohnehin, was er von mir wissen wollte.

»Ich war beim Frauenarzt, weil ich zuerst dachte, ich könnte… schwanger sein.«

Jonahs Kopf schoss wieder nach unten und er blickte mir erschrocken in die Augen. »Etwa von mir?«

Ich lachte bitter auf. »Von wem sonst? Es gibt nur dich in meinem Leben, Jonah.«

Sein Blick verschleierte sich, seine Augen wurden unweigerlich feucht. »Aber wie…? Ich verstehe das nicht.« Der Gedanke fiel ihm schwer, dass ich sein Kind hätte austragen können. Stattdessen erfuhr ich nur, dass ich gar nicht erst in der Lage war, überhaupt schwanger zu werden.

»Ich habe mich testen lassen, weil meine Periode ausgeblieben war und ich mich noch dazu ständig hatte übergeben müssen. Mir war immer schlecht und… ich fühlte mich einfach nicht gut. Am Ende stellte sich jedoch heraus, dass es eine verdammte Magenschleimhautentzündung war. Nichts weiter und auch nichts wirklich Besonderes. Nur mein bescheuerter Magen«, erzählte ich leise und kämpfte noch immer gegen meine Tränen an. »Doch durch die Untersuchung beim Frauenarzt auf eine mögliche Schwangerschaft, wurde etwas anderes in meinem

Unterleib entdeckt, woraufhin ich weitere Tests in der Klinik machen lassen musste.«

Jonah schnappte angsterfüllt nach Luft und sah mich an. »Was ist es, Annie? Und ist es gefährlich für dich?«

Ich schüttelte den Kopf. »Nein, nichts Gefährliches. Es ist nur… Sowohl mein Eileiter als auch die Eierstöcke sind stark beschädigt. Zu stark, um Hoffnung zu haben, dass man sie eines Tages wieder einwandfrei hinbekommen könnte.« Ich versuchte zu lachen, weil es einfach so bitter war, doch ich konnte nicht.

»Wie ist das möglich? Ich meine, wie kann so etwas passieren?«, fragte Jonah verständnislos und schüttelte dabei immer wieder seinen Kopf.

»Durch eine Erkrankung der Gebärmutter, die man zwar operativ sehr aufwendig eindämmen kann, jedoch nur kurzfristig. Sobald sie einmal aufgetreten ist, wird sie immer wieder kommen und so auch immer wieder Eileiter sowie Eierstöcke verkleben und eine Schwangerschaft unmöglich machen.« Ich zuckte entschuldigend mit den Schultern, auch wenn ich selbst nichts dazu konnte, dass ausgerechnet mir so etwas passierte. Dennoch fühlte ich mich schuldig.

»Wie lange hast du das schon?« Jonahs Arme um meinen Körper schlossen sich fester um mich, als würde er versuchen mich vor allem Bösen zu schützen. Wir beide wussten, dafür war es zu spät und ohnehin unmöglich.

»Einige Jahre, wie es scheint. Leider gibt es dafür keine richtigen Symptome. Die Regelschmerzen sind nur meist sehr stark, doch das empfinden alle Frauen unterschiedlich. Deswegen hatte ich mir auch nie etwas dabei gedacht.« Ich schluckte abermals den dicken Kloß in meinem Hals hinunter und wischte mir die kalten Tränen aus dem Gesicht.

»Aber du hast doch gesagt, deine Periode blieb aus vor Thanksgiving?« Jonah begann zu klammern, zu klammern an eine Hoffnung, die es nicht gab.

Tapfer lächelnd schaute ich ihn an. »Wegen der Magenschleimhautentzündung und dem ganzen Stress, den ich zuvor in der Uni und auch im Labor hatte. Nichts Außergewöhnliches und nichts, was nicht fast jede Frau schon so erlebt hatte.«

Mein bester Freund wollte es dennoch nicht wahrhaben und schüttelte den Kopf. »Du willst mir also sagen, dass ein blöder Zufall und eine verdammte Magenerkrankung dazu geführt haben, dass du jetzt unfruchtbar bist?« Unglauben spiegelte sich in seinem Blick. Vor allem aber Verweigerung.

»Sie führten zu der Gewissheit, dass es so ist, ja.«

Trotzig und voller Schmerz schob er die Augenbrauen zusammen und überlegte einen Moment. »Wenn man die Erkrankung der Gebärmutter doch operativ eindämmen kann, dann sollte es doch auch möglich sein…«

»Nein, Jonah«, unterbrach ich ihn schnell, bevor er sich in etwas verrannte, das nicht gut für ihn war. »Es wird nicht funktionieren, das ist schlicht zu unwahrscheinlich, also… Bitte! Ich will mir keine Hoffnungen machen, wo es keine gibt. Das alles ist zu unwahrscheinlich.«

»Aber nicht unmöglich!«, widersprach er beharrlich und voller Entschlossenheit.

Ich wusste nicht, was ich dazu noch sagen sollte. Ich wollte nicht darüber nachdenken, ich war zu müde und zu erschöpft, um wieder und nochmal einen Kampf auszutragen, den ich am Ende nur verlieren würde. Bens Krebserkrankung lag mir noch immer schwer in den Knochen. Von meiner Psyche ganz zu schweigen. Ich konnte das alles nicht noch einmal tun, nicht wieder all meine Hoffnungen in die Medizin stecken, sodass sie mich abermals enttäuschen konnte. Ich wollte all das nicht mehr, ich war müde. Zu müde, um nach einem weiteren Fall wieder aufstehen zu können.

»Ich kann das alles nicht glauben, Annie.« Jonah drückte mich erneut fest an seine Brust und ich hörte sein Herz wild und entschlossen schlagen.

»Verstehst du endlich, wieso wir beide nicht zusammen sein können?«, fragte ich schrecklich leise und sprach endlich das aus, was er schon seit Ewigkeiten von mir hören wollte. Nun kannte er den Grund, warum ich mich so dagegen sträubte.

Zuerst war es nur meine Unsicherheit. Wir waren schließlich erst wieder Freunde – die besten sogar. Ich wollte all das nicht noch einmal verlieren und hatte Angst, eine Beziehung könnte es von neuem zerstören. Dabei wusste ich, ich brauchte ihn. Jonah war alles, was ich noch hatte und alles, was ich noch immer wollte. Er war meine ganze Welt, mein Universum, mein ganzes verdammtes Leben. Ich liebte ihn über alles und hatte einfach nur schreckliche Angst, ich würde es nicht überstehen, ihn nochmal zu verlieren.

Doch nun war es etwas anderes, das mich zurückhielt. Die Angst, ihn zu verlieren wechselte mit der Angst, ihn niemals glücklich machen zu können, würde ich meinen Gefühlen nachgeben. Ich wusste, wie sehr Jonah sich weitere Kinder wünschte und ich wusste nur zu gut, wie ausgeprägt und tief dieser Wunsch in seinem Herzen saß. Und diesen Wunsch würde ich ihm niemals erfüllen können…

Mein bester Freund schob mich plötzlich von sich und starrte mich fassungslos an. »Deswegen? Das ist der Grund dafür, warum du uns keine Chance gibst? Du denkst, dass mich das stört?«

»Ich weiß, du willst irgendwann noch einmal

Kinder haben. Du bist der geborene Vater und ich will, ich kann, dir dabei nicht im Weg stehen, Jonah. Ganz egal, was du sagst, ich weiß, wie unheimlich wichtig dir das ist. Kinder sind dein Leben und ich verstehe das. Glaube mir, das tue ich wirklich.« Schon wieder begann ich zu weinen und die Tränen brannten mir durch die Kälte hier draußen auf den Wangen.

»Du bist mir wichtiger als all das, Annabelle«, widersprach Jonah und wischte mir mit seinen Fingern vorsichtig über das längst schmerzende Gesicht.

»Das sagst du jetzt. Doch irgendwann… Ich will dich nicht unglücklich machen. Das würde ich nicht verkraften, zusehen zu müssen, wie du dich später ständig fragst, was passiert wäre, hättest du dich doch für eine andere entschieden. Eine Frau, die dir eine ganze Familie hätte schenken können. Ich allerdings… Es gäbe immer nur uns beide, wir wären allein«, schluchzte ich verzweifelt.

Wütend schüttelte er den Kopf. »Was redest du denn da für einen Blödsinn? Es gibt immer Möglichkeiten! Und wenn es auf natürlichem Wege nicht funktioniert, dann eben anders. Oder durch eine Adoption. Auch das wäre für mich denkbar, wenn ich nur wüsste, ich könnte dadurch mein ganzes Leben mit dir verbringen.«

In Tränen versunken atmete ich tief aus. »Bitte

versteh doch auch meine Seite. Wie würdest du dich fühlen, wenn du wüsstest, es läge an dir. Was würdest du an meiner Stelle tun, Jonah? Hast du eine Ahnung, wie schwer die Last der Schuld wäre, die ich tagtäglich für den Rest meines Lebens mit mir herumtragen würde?«

Jonah seufzte schwer und nickte. »Ich verstehe dich, Annie. Ehrlich, das tue ich. Und trotzdem würde ich nicht ohne dich leben wollen.« Sanft hauchte er einen Kuss auf meine kalte Nasenspitze und lächelte warm. »Ich habe noch Gracey, vergiss das nicht. Sie ist mein Kind und das genügt mir. Ich muss nicht noch zehn weitere Kinder bekommen, nur um das Glück zu empfinden, was mir meine Tochter bereits schenkt.«

»Und was ist mit mir? Ich kenne dieses Glück nun mal nicht. Und ich werde es auch niemals kennenlernen.« Ich schluchzte unkontrolliert auf und diesmal brachen alle Dämme und alle Mauern, die ich zuvor mühevoll um mich herum gebaut hatte. Die Tränen flossen wie Bäche über mein Gesicht und ich ließ es einfach geschehen, ich ließ alles raus – all die Wut, den Schmerz und meine ganze Verzweiflung, während mich Jonah festhielt und meinen Kopf sanft an sein Herz hielt.

Er sagte nichts dazu, er wusste ohnehin nicht, wie er mir helfen oder mir den Schmerz nehmen konnte. Doch das musste er auch nicht. Mir reichte es, dass er in diesem Moment bei mir war und mich in seinen Armen hielt, damit meine Beine nicht nachgaben und ich unnachgiebig zu Boden fiel. Er gab mir Kraft und Stärke, auch wenn ich wusste, die Wahrheit traf ihn genauso hart wie mich.

Ich weinte eine halbe Ewigkeit, ohne dass jemand von uns beiden etwas sagte. Und ich weinte noch immer, als plötzlich die Glocken um uns herum zu läuten begannen und kurz darauf ein ohrenbetäubendes Feuerwerk über unseren Köpfen hinweg geradewegs in den Nachthimmel schoss und mein Schluchzen mit einem Mal unterbrach.

Es war Neujahr. Das erste seit elf Jahren, das ich wieder mit meinem besten Freund und meiner einzigen und großen Liebe zusammen verbrachte. Nur Ben fehlte an unserer Seite…

Elf Jahre zuvor

Das bunte Feuerwerk über unseren Köpfen tanzte am dunklen Nachthimmel, als Ben, Jonah und ich auf unserem Hügel weit oben über Underwood standen und das Treiben von hier aus beobachten. Erst vor wenigen Minuten waren wir von der Party, die Kyle, einer von Bens Freunden, zu Silvester bei sich Zuhause veranstaltete, abgehauen und haben uns zu dritt hier oben verkrochen und wir taten es nicht zum ersten Mal. Langsam aber sicher schien das zu einem Ritual von uns zu werden. Bereits das dritte Mal hintereinander waren wir am Jahreswechsel gemeinsam hier oben und schauten auf unsere Stadt hinab, während das Feuerwerk laut polternd über uns tobte.

Es war schön. Unbeschreiblich schön sogar. Und es hatte etwas Andächtiges, etwas Heiliges, dieser Anblick von unserem Platz aus. Ich war überglücklich, das alles mit den beiden Menschen teilen zu können, die mir am wichtigsten waren. Es gab niemanden, mit dem ich lieber hier gewesen wäre, als mit meinem besten Freund und meinem großen Bruder, meinem Beschützer und Helden.

Schmunzelnd blickte ich zur Seite und sah die

beiden Gesichter voller Freude und Faszination strahlen, ihre Münder zu einem breiten und zufriedenen Grinsen verzogen. Dieser Anblick war sogar noch schöner als das Feuerwerk direkt über unserer Stadt und deswegen versuchte ich ihn mir so gut und genau es ging in mein Gedächtnis einzuprägen. Jedes noch so winzige Detail davon.

»Frohes neues Jahr, Sommersprosse«, flüsterte Jonah, als er sich zu mir umdrehte und mich an sich zog, damit ich wärmend in seinen Armen lag.

»Frohes neues Jahr.« Ich grinste ihn an und schmiegte mich ganz fest an seine Brust, während mein Bruder mich lächelnd von der Seite musterte. Was in diesem Moment durch seinen Kopf ging, würde ich wohl niemals erfahren. Doch Ben sah glücklich aus. Und allein das zählte für mich.

9
Jonah

Ein frischer und doch sonniger Aprilmorgen erwartete mich, als ich erschöpft aber zufrieden aus meinem Wagen stieg und die vertraute Gebirgskette der kanadischen Rocky Mountains vor mir sah.

Ich liebte diesen Ort und ich liebte das Haus, das mein bester Freund damals für mich ausgesucht hatte. Deswegen war es für mich absolut klar und selbstverständlich, als Beth mich kurz nach Neujahr fragte, ob sie und Mark ihre Hochzeit mit all ihren Freunden und ihren Familien hier oben feiern dürften. Natürlich durften sie! Ich freute mich unwahrscheinlich für die Beiden und darüber, dass sie sich dieses Haus und diese Gegend dazu aussuchten, um ihre Liebe zu zelebrieren und für immer miteinander zu verbinden. Ich war sogar ein wenig stolz darauf, dass sie ihre Hochzeit unbedingt hier feiern wollten.

Auch wenn es nicht genug Platz und Gästezimmer gab, so reichte es vollkommen, um draußen vor dem Haus und inmitten dieses atemberaubenden Panoramas der Berge und Wälder, die um uns herum waren, eine schöne Party zu schmeißen. Und erst recht für eine hübsche, kleine Zeremonie, direkt auf dem Berg über uns.

»Jonah! Mein Gott, ich bin so froh, dass du schon da bist. Ich dreh hier noch durch mit den ganzen Leuten«, begrüßte mich Beth, als sie aus dem Haus stürmte und mir in die Arme fiel.

Neben uns herrschte in der Tat schon reges Treiben. Die meisten Gäste waren scheinbar bereits hier und warteten auf den Beginn der Trauung in nicht einmal zwei Stunden. Selbst für die anschließende Feier draußen vor dem Haus war bereits alles vorbereitet und ich staunte wirklich nicht schlecht, was meine Freundin hier in den letzten Tagen gezaubert hatte.

Schief grinsend schaute ich sie an. »Du weißt schon, dass diese Leute in wenigen Stunden auch zu deiner Familie werden, oder?«

Beth lachte kopfschüttelnd. »Die meine ich auch nicht. Marks Familie ist ganz wundervoll. Ich meine damit vor allem diese beiden Idioten da drüben.« Sie deutete auf Cole und Jason, die vollkommen entspannt wirkten und Scherze über die blumige Tischdekoration machten.

»Nimm‘s ihnen nicht übel, sie sind nun mal waschechte Rockmusiker. Was erwartest du von ihnen? Die können nicht einmal eine Rose von einer Tulpe unterscheiden, geschweige denn verstehen, was geschmackvolle Hochzeitsdekoration ist«, sagte ich und zwinkerte ihr zu.

Beth grinste. »Ich bin einfach nur froh, dass du endlich da bist.«

»Lief denn sonst alles glatt die letzten Tage oder hattet ihr Probleme mit irgendwas?«, fragte ich interessiert. Schließlich hatte ich zuvor versucht, so viel wie möglich vorab zu erledigen, damit Beth mit ihrer Familie entspannt anreisen und ihre Vorbereitungen machen konnte. Den Schlüssel zum Haus gab ich ihr bereits vor einigen Wochen.

Lächelnd sah mich meine Freundin dankbar an. »Es lief tatsächlich alles wie am Schnürchen. Überraschenderweise. Es ist alles an seinem Platz, alles ist da, geschmückt und… bereit.«

Grinsend musterte ich sie prüfend. »Und was ist

mit dir? Bist du auch bereit?«

Automatisch blickte sie zu Mark, der nur ein wenig weiter neben ein paar alten Herren stand, die vermutlich zu seiner oder Beths Familie gehörten und sich mit ihnen unterhielt.

Meine Managerin begann zu strahlen und ihre Augen funkelten glücklich und liebevoll. »Das bin ich, ja.«

»Dann solltest du jetzt vielleicht wieder reingehen und dich in dein weißes, himmlisches Kleid schmeißen, oh holde Prinzessin.«

Beth lachte und hauchte mir einen Kuss auf die Wange, als ihr plötzlich einfiel: »Annie ist übrigens auch schon seit gestern Abend hier. Sie hat mir mit ein paar Dingen noch geholfen und… Sie hat mir davon erzählt, dass sie keine Kinder bekommen kann.« Betroffen sah sie mich an. »Das tut mir so unendlich leid für euch, Jonah.«

Hart schluckte ich den Schmerz hinunter, der meine Brust seit Silvester fest umschlossen hielt und zuckte lächelnd und zuversichtlich mit den Schultern. »Solange sie bei mir ist und es auch bleibt, kann ich damit leben«, sagte ich und meinte es auch genauso. Annabelle war mir wichtiger als noch einmal Vater zu werden. Sie war alles, was ich zu meinem Glück noch brauchte. Und genau das… sollte ich langsam scheinbar auch bekommen.

Beth schien es zu ahnen und hob überrascht eine Augenbraue. »Heißt das, ihr seid endlich…?«

Erneut zuckte ich mit den Schultern und lächelte zufrieden. »Wer weiß das schon so genau? Wir sind… *wir.*«

Beth legte den Kopf schief und musterte mich prüfend. »Und du bist glücklich damit?«

Genau in dem Moment, als meine Freundin mich das fragte, kam Annie plötzlich aus dem Haus und blieb auf der Veranda stehen, als sich unsere Blicke trafen. Liebevoll und voller Wärme begann sie zu lächeln und nahm mir damit die Antwort ab.

»Das bin ich, ja«, wiederholte ich Beths Worte von eben grinsend und nahm sie ein letztes Mal vor ihrer Trauung in den Arm, bevor sie sich beeilte ins Haus zu kommen, um sich umzuziehen.

»Hey.« Annie lächelte noch immer, als ich mit dem Koffer in meinen Händen die Treppen der Veranda hinauf ging und vor ihr stehen blieb.

»Selber hey«, meinte ich schmunzelnd und betrachtete sie einen Augenblick. Annie trug ein hübsches, enganliegendes, grünes Kleid, das perfekt zur Farbe ihrer Augen passte und nach Frühling schrie. Ich mochte es auf Anhieb und genau das erkannte sie an meinem Blick.

Zufrieden grinsend schaute sie mich an und biss sich anschließend auf die Unterlippe. Ein eindeutiges

Zeichen für mich, meinen verdammten Koffer fallen zu lassen und sie endlich zu küssen.

Leise lachend ließ sie es geschehen, ganz egal, wer uns dabei sehen oder etwas über uns denken konnte. Und genau dieser kleine Fortschritt machte mich bereits überglücklich. Annie stand zu ihren Gefühlen für mich und versteckte sie nicht mehr hinter ihrer Angst. Sie ließ es zu und stieß mich nicht von sich, wie sie es früher getan hätte.

Seit unserem Gespräch an Neujahr hatte sich etwas zwischen uns verändert. Statt mir erneut aus dem Weg zu gehen und mich im Ungewissen zu lassen, kamen wir uns näher. Und diesmal nicht nur rein körperlich. Annie sprach es nie wirklich aus, doch ich wusste, ich spürte, sie hatte endlich aufgegeben, gegen das anzukämpfen, was unausweichlich schien – wir beide zusammen, nicht nur als beste Freunde, sondern das, wofür wir schon immer bestimmt waren.

»Geht es dir gut?«, fragte ich leise, nachdem ich mich nur mit Mühe wieder von ihr gelöst hatte. »Ich hab seit ein paar Tagen nichts mehr von dir gehört und war mir deswegen nicht sicher, ob du schon hier sein würdest.«

Annie lächelte entschuldigend. »Alles okay, ich hatte nur viel um die Ohren. Im Labor geht es momentan drunter und drüber. Außerdem habe ich Beth geholfen, ein paar Dinge für die Hochzeit zu klären und zu organisieren.«

Ich nickte verstehend und beobachtete sie dabei, wie sie mich kurz musterte und nach meiner Hand griff, um mich ins Haus zu führen. Wie selbstverständlich und als würden sie schon immer genau dorthin gehören, fanden ihre Finger meine und verschränkten sich mit ihnen, während ich mit meiner anderen Hand zu meinem Koffer griff. Auch das schien neu. Dass sie meine Hand hielt, als wäre es das Normalste der Welt und als hätte sie nie etwas anderen getan. Diese Kleinigkeiten waren es, die mich glücklich machten und mich hoffen ließen, sie würde sich schon bald voll und ganz auf mich – auf uns einlassen.

Zusammen gingen wir die Treppe nach oben, vorbei an vielen mir unbekannten Menschen, die im Wohnzimmer, der Küche und auch in den anderen Zimmern auf die Trauung warteten und sich rege und gespannt miteinander unterhielten. Die Stimmung schien gut und mich freute es für Beth, dass sie das tatsächlich so gut hinbekommen hatte, das alles auf die Beine zu stellen und so zu organisieren, dass es reibungslos funktionierte. Das war sicher eine Heidenarbeit!

»Ich nehme an, Beth hat nur die beiden Familien und uns im Haus untergebracht, hab ich Recht?«

Annie nickte, als wir eines der kleinen Gästezimmer am Ende des Flurs betraten. Es war nicht dasselbe Zimmer, in dem meine beste Freundin sonst schlief, wenn sie hier war. Doch ich nahm an, Annabelle überließ das große Gästezimmer mit der fantastischen Aussicht auf die Berge dem glücklichen, zukünftigen Ehepaar. »Für mehr Leute hat es leider nicht gereicht, sie hier unterzubringen. Deswegen wird es so etwas wie ein Taxi geben, das die anderen Gäste, wenn sie die Feier später am Abend oder auch erst in der Nacht verlassen wollen, zu ihren Hotels außerhalb des Nationalparks bringt.«

Erneut nickte ich verstehend und schaute mich in dem kleinen Gästezimmer um, in dem wir nun standen. »Schlafen wir hier etwa gemeinsam? Du und ich?«

Annabelle lachte amüsiert. »Ich dachte nicht, dass du etwas dagegen hast, um ehrlich zu sein.«

Scheiße, natürlich hatte ich nichts dagegen, ganz im Gegenteil! Sie und ich gemeinsam in einem winzigen Zimmer, einem Bett. Fast fühlte es sich schon an wie eine richtige, normale Beziehung, die wir führten. Allerdings nur fast.

Grinsend schmiss ich meinen Koffer unachtsam auf das Bett und zog Annie an meinen Körper, bevor ich meine beiden Hände an ihren Wangen legte und ihr tief in die wunderschönen, apfelgrünen Augen blickte. »Ich habe dich vermisst, Sommersprosse«, wisperte ich sehnsüchtig an ihren Lippen.

Annabelle lächelte wissend. »Wir haben uns doch nur zwei Wochen nicht gesehen.«

»Zwei Wochen zu viel«, behauptete ich ihr Lächeln erwidernd und presste meine Lippen fest auf ihre. Ich liebte es, sie zu küssen. Vor allem, weil ich es jetzt endlich frei und offen tun konnte. Ich musste nicht mehr um Erlaubnis bitten oder vorsichtig sein, sie damit nicht zu überrumpeln oder gar in die Enge zu treiben. Ich konnte es tun, wann immer ich wollte und so oft ich wollte. Und Annie? Sie erwiderte meine Küsse bereitwillig und voller Hingabe.

Zu viel Hingabe für die wenige Zeit, die wir bis zur Trauung noch hatten. Das spürte auch meine beste Freundin und stoppte mich daher, bevor unser Kuss zu intensiv und meine Lust zu groß wurde, um es aufhalten zu können.

Unzufrieden begann ich zu knurren, als sie sich von mir löste und amüsiert zu grinsen begann. »Euer letzter Auftritt als Band ist schon in ein paar Tagen, oder?«, wollte sie wissen, um mich auf andere Gedanken zu bringen und es klappte. Sofort musste ich an die Jungs und die Band denken und wurde etwas wehmütig.

»Es ist noch immer seltsam, der Gedanke, die Jungs dann nicht mehr ständig um mich herum zu haben... Genauso wie die Tatsache, dass ich danach komplett aus dem Rampenlicht abtauche und endlich wieder zu so etwas wie einem normalen Menschen werde«, gestand ich ehrlich und zog sie wieder in meine Arme, um sie zumindest in meiner Nähe haben und sie halten zu können, wenn ich schon nicht weiter gehen durfte. Annabelle grinste mich selbstzufrieden und voller Vorfreude an. »Dir gefällt der Gedanke, nicht wahr, Sommersprosse?«

Ihre Augen begannen zu funkeln. »Ich habe nichts dagegen, meinen alten Jonah von damals wiederzubekommen, nein.«

»*Deinen* Jonah also?«, fragte ich, überrascht darüber, dass sie so offensiv darüber sprach und lächelte.

Annie hob eine Augenbraue. »Ist er das etwa nicht?«

Ich grinste erleichtert. »Mit Leib und Seele, ganz und gar dein.«

Annabelle vergrub ihre Hände in meinen Haaren und küsste mich, diesmal nur ganz vorsichtig und so sanft und zart, dass ich nicht auf dumme Ideen kommen konnte.

Ich fühlte mich wie im Himmel und konnte mein Glück noch immer kaum fassen. Was auch immer das zwischen uns mittlerweile war, es fühlte sich genauso an, wie es sollte und so, wie ich es mir immer erträumt hatte. Sie in meinen Armen, völlig zwanglos und frei, jetzt, da nichts mehr Ungesagtes zwischen uns stand. Keine Geheimnisse mehr, nichts, was wir voneinander nicht wussten und genau das ließ uns näher kommen, so nah wie nie zuvor.

»Ist das immer noch okay für dich, wenn wir es zwang- und namenlos halten mit uns beiden?« Annabelle schien offenbar dasselbe zu denken wie ich und schaute mich leicht verunsichert an.

Lächelnd hauchte ich ihr einen weiteren Kuss auf die Lippen. »Alles, was du willst, Annie. Wenn du es langsam angehen willst, von mir aus. Ich bin zu allem bereit, solange du dich mir öffnest. Uns.«

Erleichtert und glücklich erwiderte sie mein Lächeln. »Ein Schritt nach dem anderen, richtig?«

Ich lachte. »Hauptsache du läufst *vorwärts*, Sommersprosse. Nicht rückwärts.« Fest zog ich sie an meine Brust und genoss es, ihre Wärme an meinem Körper zu spüren und ihren Duft einatmen zu können. Doch als ich meine Arme fester um ihre Taille schlang, spürte ich etwas unter ihrem Kleid und warf irritiert einen Blick nach unten. In einer kleinen Seitentasche an ihrer rechten Hüfte ragte eine Spitze eines Umschlags heraus, den ich neugierig heraus holte und ihn mir anschaute. »Was ist das?«, fragte ich verwirrt und hatte das seltsame Gefühl, die Schrift auf dem Umschlag zu erkennen.

Annie trat einen Schritt zurück und seufzte schwer. »Ein Brief von meinem Bruder.«

Überrascht schaute ich zu ihr auf. »Von Ben? An dich adressiert?«

Sie nickte. »Ich habe ihn vorgestern erhalten.«

Wie bitte? »Wie ist das möglich?«, fragte ich flüsternd und stand leicht unter Schock.

»Scheinbar hatte er ihn kurz vor seinem Tod an mich geschrieben.« Annie versuchte tapfer zu lächeln, schaffte es jedoch nicht so recht. Und ich? Ich verstand noch immer kein Wort von all dem.

»Wieso hast du ihn dann erst jetzt?«

Annabelle schluckte hart. »Ben hat diesen Brief einer seiner betreuenden Krankenschwestern, mit der er sich über die Zeit angefreundet hatte, gegeben. Er vertraute ihr und bat sie daher, mir diesen Brief frühestens ein Jahr nach seinem Tod zu schicken oder ihn mir persönlich zu übergeben.«

Ich schaute nachdenklich auf die Empfängeradresse und begriff. »Du bist nur wenige Monate nach seinem Tod nach Boston gezogen, nachdem du mit mir auf Tournee warst. Der Brief konnte dich also nicht erreichen.«

Erneut nickte sie. »Und meine alten Mitbewohner wussten ebenfalls nicht, wo ich zurzeit stecke, schließlich hatte ich den Kontakt zu ihnen abgebrochen nach meinem… Nach dem Abend, als ich Bens

Pillen geschluckt hatte.«

Tief atmete ich aus und starrte wie paralysiert auf den Brief meines besten Freundes. »Wie hast du ihn dann erhalten?«

»Die Krankenschwester hatte die letzten beiden Jahre immer wieder versucht, mich zu finden. Und dann fiel ihr eines Tages ein, wie Ben ihr stolz davon erzählt hatte, dass ich später einmal in Harvard Medizin studieren würde. Vorgestern dann wurde ich zum Verwaltungsgebäude für Studenten der Medical School gerufen und da stand sie plötzlich. Mit Tränen in den Augen und schrecklich erleichtert überreichte sie mir den Brief.«

»Und du hast ihn noch immer nicht geöffnet?«, fragte ich verwundert.

Annabelle kämpfte mit aufsteigenden Tränen, hielt sie diesmal jedoch im Zaum und lächelte mich entschuldigend an. »Ich konnte nicht. Nicht ohne dich.«

Seufzend hauchte ich ihr einen Kuss auf die Wange. »Willst du ihn jetzt lesen?«

Sie schüttelte den Kopf. »Lieber heute Abend. Oder heute Nacht, wenn wir wieder allein sind und draußen nicht mehr so viel Trubel herrscht.«

Ich nickte verständnisvoll und schloss sie abermals in meine Arme. »Ich werde bei dir sein, wenn du das möchtest und wann immer du es möchtest.«

Nachdenklich vergrub ich mein Gesicht an Annabelles Hals und erinnerte mich an meinen besten Freund, vor allem an einen ganz bestimmten Moment kurz vor seinem Tod, als er noch im Krankenhaus lag und ich ihn einmal besuchte. Damals hatte ich gedacht, es sei einfach nur eine Schnapsidee von ihm, eine, die er schon bald wieder vergessen würde, so wie ich es über die Jahre getan hatte. Ich dachte nicht mehr daran, was er mir damals sagte – aus dem einfachen Grund, weil ich es nicht ernst nahm. Zumindest nicht so, wie ich es scheinbar hätte tun sollen.

Nun war er plötzlich da, hier in meinen Händen – der Brief meines besten Freundes an seine kleine Schwester – genauso, wie er mir vor seinem Tod davon erzählte…

Drei Jahre zuvor

»Das kann doch echt nicht wahr sein! Wie schaffst du es nur immer wieder, gegen mich zu gewinnen? Früher hast du das Spiel nicht einmal verstanden und jetzt zockst du mich regelmäßig ab«, beschwerte ich mich, nachdem ich beim Pokern zum vierten Mal hintereinander gegen meinen besten Freund verlor.

Ben lachte. »Ich hab eben viel Zeit und deswegen noch mehr Übung. Außerdem bist du ganz schön schlecht geworden darin.«

»Danke, Kumpel. Du weißt, wie man einen Mann wieder aufbaut.« Ich grinste und packte die Chips und Karten zusammen, damit er sich wieder entspannt hinlegen konnte und sich nicht zu sehr überanstrengte. Die letzten Tage und Wochen schien es ihm immer schlechter zu gehen, doch ich konnte und wollte mich nicht mit dem Gedanken anfreunden, ihn schon bald für immer gehen lassen zu müssen. Ganz egal, was die Ärzte sagten – ich war einfach noch nicht bereit dazu.

»Ich glaube, ich sollte Annie einen Brief schreiben«, kam es auf einmal nachdenklich und leise von meinem besten Freund, nachdem er mich minutenlang einfach nur angestarrt und beobachtet hatte, wie ich in seinem kleinen Krankenzimmer etwas aufräumte. Ich packte seine Sachen zusammen und räumte sie ordentlich in den Schrank, bevor ich den grässlichen Metalltisch, der neben seinem Bett stand, von Müll und dem Essenstablett, das noch vom Frühstück hier stand und noch nicht abgeholt wurde, befreite.

»Wie kommst du plötzlich darauf?«, fragte ich überrascht und setzte mich wieder zu ihm.

Ben lächelte, als er mich einen Augenblick musterte. »Ich weiß auch nicht. Es kam mir schon einige Male in den Sinn. Es gibt da noch so viel, was ich ihr sagen will. Aber ich weiß, wenn ich es jetzt tue, in diesem Zustand, in dem ich mich befinde, wird sie mir sowieso nicht zuhören. Zumindest nicht so, wie sie vielleicht sollte. Verstehst du, was ich meine?«

»Du meinst, du willst ihr noch ein paar wichtige Dinge mit auf den Weg geben, bevor du den Löffel abgibst?«, scherzte ich, weil ich schlicht anders nicht damit umzugehen wusste. Ben verstand das und kannte mich in dieser Hinsicht. Er nahm es mir nicht übel, dass ich so über dieses Thema sprach. Ganz im Gegenteil. Es war ihm lieber, ich machte Witze, als gar nicht darüber zu reden – so wie seine kleine Schwester offenbar.

»Du kennst sie, Jonah. Sie würde mir nicht zuhören, wenn ich es ihr einfach sagen würde. Dafür steckt sie zu viel in ihrem Gedankenkarussell, das sich seit der Erkrankungen nur um mich dreht.« Ben seufzte müde und schaute mich nach Bestätigung suchend an.

»Dann tu es doch einfach. Ich wüsste nicht, was dagegen spricht, wenn du ihr all diese Dinge auch schreibst. So hat sie es zumindest für immer auf Schwarzweiß, falls sie sich einmal unsicher sein sollte oder… einfach nur Trost braucht.«

Ich hatte keine Ahnung, was ich da eigentlich für einen Blödsinn redete. Ich wusste weder, ob es Annie tatsächlich trösten könnte, noch wusste ich, was Ben ihr überhaupt schreiben wollte. Vermutlich, dass sie unbedingt ihren Traum mit Harvard verwirklichen sollte. Doch ob sie wirklich auf ihn hören würde? Vor allem dann, wenn er irgendwann nicht mehr bei ihr war? Ich war mir nicht sicher.

Ben hingegen schien überzeugt von seiner Idee und lächelte still und zufrieden in sich hinein, als er mich erneut mit einem seltsamen und für mich nicht zu deutenden Blick betrachtete. Ein solch intensiver und selbstsicherer Blick, an den ich mich wohl für immer erinnern würde…

10

Annabelle

Glückliche Gesichter, wo man nur hinschaute – so und nicht anders sollte es sein. Am besten für immer. Das wünschte ich Beth und Mark, dem soeben angetrauten Ehepaar, von ganzem Herzen. Ihnen und ihrem noch ungeborenen, kleinen Mädchen, auf das sie bereits jetzt unglaublich stolz waren.

»Das war eine wirklich schöne Zeremonie«, sagte Cole schmunzelnd und nippte tapfer an seinem Sekt, das er mit Sicherheit sofort gegen ein kühles Bier getauscht hätte, wäre es nicht unhöflich dem Brautpaar gegenüber gewesen. Vermutlich wie auch Jonah und Jason, die ihre Freunde breit grinsend ansahen und Cole beipflichteten.

»Die Idee, das alles auf dem Berg da oben zu machen, kam tatsächlich sogar von Mark, müsst ihr wissen«, erzählte Beth strahlend vor Glück und schenkte ihrem Ehegatten ein wunderschönes und stolzes Lächeln.

Die Hochzeitsgäste waren längst wieder alle unten an Jonahs Haus angekommen und die Feier in vollem Gange, während das frisch getraute Paar von Grüppchen zu Grüppchen wanderte, um sich zu bedanken und sich mit ihren Liebsten zu unterhalten – so nun auch mit uns, mit ihren engsten Freunden, zu denen ich mich längst gehörig fühlte. Jonah sei Dank.

Prüfend blickte ich seitlich zu meinem besten Freund, der direkt neben mir stand, seinen starken Arm fest um meine Taille geschlungen, als wäre er dort festgewachsen, seitdem wir vorhin zur Zeremonie den Berg hinauf gegangen waren. Jonah wich mir nicht mehr von der Seite, keine einzige Minute. Und ich weiß, normalerweise hätte ich das als sehr störend empfunden. Vor allem aber hätte ich mich vermutlich bedrängt von ihm gefühlt. Doch diesmal war es anders.

Seit einigen Tagen, vielleicht auch Wochen

schon, verspürte ich keine Angst mehr, wenn er mir so nahe kam. Ich verspürte keine Angst, ihn zu verlieren und schon gar nicht die, dass unsere Freundschaft durch das alles kaputt gehen könnte. Nein, ich hatte keine Angst mehr. Ich vertraute ihm. Und ich vertraute darauf, dass es stimmte, was er immer sagte – wir beide gehörten einfach zusammen. Das war schon damals so und heute mehr denn je, wie mir schien.

Wir würden immer beste Freunde bleiben – beste Freunde, die sich liebten. War das nicht ohnehin Grundlage für eine lange und glückliche Beziehung? Wir würden sehen…

»Du siehst wunderschön aus heute, habe ich dir das eigentlich schon gesagt?«, flüsterte Jonah mir leise ins Ohr, als er meinen Blick bemerkte.

Lächelnd schüttelte ich den Kopf und musterte ihn und das, was er anhatte, noch einmal genau. »Weißt du eigentlich, wann ich dich das letzte Mal in so einem Anzug gesehen habe?« Er grinste, schüttelte aber den Kopf. »An deinem Abschlussball der Highschool. Deinem und Bens. Erinnerst du dich?«

»Wie könnte ich diesen Abend je vergessen? Du hast bezaubernd ausgesehen, genau wie jetzt, nur weniger… sexy.« Jonah warf einen Blick hinter meinen Rücken, vermutlich um meinen Hintern abzuchecken, und pfiff anschließend leise zwischen die Zähne, was mich unweigerlich zum Lachen brachte.

»Du bist ein Idiot, Jonah Reeves.«

Er lachte. »So nennst du mich nur, wenn du eigentlich sagen willst, dass du mich lie...« Schnell stoppte er und schaute mich forschend und leicht verunsichert an, da er sich nicht sicher war, ob er zu weit ging. Ich aber grinste nur herausfordernd.

»Annie, würdest du mir die Ehre erweisen und mit mir tanzen?« Mark platzte unwissend in den spannenden Moment zwischen Jonah und mir und hielt mir seine Hand entgegen.

»Aber nur, wenn du mir erlaubst, mit deiner bezaubernden Frau zu tanzen, Kumpel«, antwortete Jonah für mich und grinste.

Beth lachte kopfschüttelnd und hakte sich bei Jonah unter, während ich Marks lächelnd ergriff und wir zu viert auf die kleine, provisorisch aufgebaute Tanzfläche gingen, auf der bisher nur zwei weitere Pärchen tanzten.

»In all den Jahren habe ich diesen Kerl nicht einmal freiwillig eine Tanzfläche betreten sehen, wusstest du das?«, fragte Mark flüsternd und lachte, während er seine Arme um mich legte und wir begannen uns langsam zur Musik zu bewegen.

»Du meinst, Jonah?« Er nickte, während ich nun ebenfalls lachen musste. »Er behauptet ja auch, er würde es nicht können und hätte zwei linke Füße.

Doch auf seinem Highschool Abschlussball hab ich seine Lügen enttarnt«, erzählte ich und erinnerte mich gerne an diesen Abend zurück.

Mark musterte mich intensiv und neugierig. »Ihr wart schon damals ineinander verliebt, hab ich Recht? Beth hat mir einiges über euch und eure gemeinsame Vergangenheit erzählt, weil ich schon die ganze Zeit so eine Ahnung hatte, mir aber nie wirklich sicher war.«

Ich lachte und schaute über seine Schulter, hinüber zu Jonah, der meinen Blick überraschenderweise erwiderte. Als hätte er geahnt, dass ich zu ihm rüber sehen würde in diesem Moment.

Lächelnd schaute ich wieder zu meinem Tanzpartner und nickte. »Das waren wir, ja«, beantwortete ich seine Frage, ohne Scheu und Angst, was er darüber denken könnte. Es war mir schlicht egal, auch wenn ich wusste, dass Mark es verstehen und sich mit uns freuen würde.

Vor wenigen Monaten hätte ich jedoch nicht einmal ihm die Wahrheit über Jonah und mich sagen können. Ich hätte nicht gewollt, dass es alle wissen und sich ein Urteil über uns und unsere Vergangenheit bildeten. Sie waren schließlich nicht dabei, sie hatten keine Ahnung, was wir durchgemacht hatten, was wir gemeinsam erlebt und wie sehr wir gelitten hatten. Vor allem aber konnte niemand von ihnen wissen und schon gar nicht erahnen, wie sehr ich diesen Jungen von damals und nun diesen Mann liebte.

Und gerade deswegen war mir all das mittlerweile herzlich egal. Es interessierte mich nicht, was andere über uns, über ihn und mich, vielleicht sogar über meinen Bruder dachten. Wichtig war nur, dass ich wusste, wie Jonah fühlte, wie er zu mir – zu uns – stand und das aus vollster Überzeugung. Denn Jonahs Entschlossenheit war unausweichlich ansteckend. Sie gab mir Mut und wieder Hoffnung. Hoffnung auf ein neues, ein fast vollkommenes Leben.

Mark lächelte, als er mich erneut intensiv und ausgiebig musterte. »Ihr seid es ganz offensichtlich noch immer, nicht wahr? Ineinander verliebt, meine ich.« Darauf musste ich gar nicht erst antworten, denn Mark sah es mir ganz eindeutig an. Genauso wie seinem Freund. Und Jonahs Bandkollege hatte absolut Recht – es war offensichtlich. Deswegen blieb ich stumm, zuckte nur geheimnisvoll lächelnd mit den Schultern und entlockte Mark damit ein wissendes Grinsen. »Wann folgt bei euch die Hochzeit? Ich meine, ganz ehrlich, ihr kennt euch so verdammt viele Jahre und seid fast mindestens genauso lange ineinander verliebt, da kann man doch auch gleich vor den Traualtar treten. So wie wir heute. Ist gar nicht mal so schlimm, wie man vielleicht denkt.«

Lachend schüttelte ich den Kopf. »Gar nicht mal

so schlimm, wie man vielleicht denkt?«, wiederholte ich gespielt fassungslos. »Sag das bloß nicht deiner Frau. Niemals am besten, hörst du?«

»Ich werd's mir merken.« Mark grinste unschuldig. »Aber jetzt mal im Ernst, was ist da zwischen Jonah und dir? Läuten da also auch bald die Hochzeitsglocken?«

Ich presste die Lippen aufeinander und schüttelte sachte den Kopf. »Wir sind gerade erst dabei, zueinander zu finden und das braucht eben seine Zeit.«

Mark schien zu verstehen und lächelte entspannt. „Ein Schritt nach dem anderen also, richtig?«

Ich erinnerte mich, dass ich erst vor wenigen Stunden dieselben Worte bei Jonah verwendet hatte, und grinste daher über das ganze Gesicht. »Ganz genau. Ein Schritt nach dem anderen. Hauptsache, es geht vorwärts.«

Als hätte Jonah meine Worte gehört, tauchte er plötzlich direkt hinter seinem Freund auf und tippte ihm auf die Schulter. »Deine Frau verlangt nach deiner Aufmerksamkeit, Kumpel.«

Mark strahlte. »Brauttausch?«

»Brauttausch!«, bestätigte Jonah zwinkernd und wechselte mit seinem Freund die Tanzpartnerin.

»Ihr seid beide wirklich bescheuert«, ließ ich ihn lachend wissen, als er seine Hände um meine Hüften legte und mich ganz nah an sich zog. »Du weißt, ich bin weder *deine* Braut, noch… irgendjemandes Braut, um genau zu sein.«

Jonah zuckte mit den Schultern und grinste. »Vielleicht nicht in dem Sinn wie Beth heute Abend, aber… Meine Braut bist du gewissermaßen trotzdem«, meinte er bestimmend und ließ seine Hand einmal kurz aber nicht gerade zufällig über meinen Hintern gleiten.

Gespielt tadelnd funkelte ich ihn an. »Erwähnte ich heute schon, was für ein Idiot du eigentlich bist?« Erwartungsvoll begann ich zu lächeln und biss mir auf die Unterlippe, in der Hoffnung, er würde meine Anspielung zu unserer Unterhaltung von vorhin verstehen.

Jonahs moosgrünen Augen funkelten und seine Lippen legten sich federleicht auf meine. »Bin ich das?«, fragte er wispernd und wusste genau, was ich ihm damit eigentlich sagen wollte – dass ich ihn liebte. Und wie ich das tat!

Es schien kein Vergleich zu damals, denn wusste ich noch gar nicht, was es bedeutete, ohne ihn, ohne Jonah leben zu müssen. Ich war jung, ein kleines Mädchen, das in seinen besten Freund verliebt war – ohne echte Sorgen und ohne Angst, ihn jemals verlieren zu können.

Nun war ich eine andere. Gezeichnet vom Leben, vom Leid, der Trauer und von Verlust. Und genau aus diesem Grund liebte ich heute mehr und stärker als jemals zuvor.

»Ich wünschte, Ben wäre jetzt hier«, flüsterte ich Jonah zu, als sich unsere Lippen voneinander lösten. Mein Bruder fehlte mir. Er würde es wohl immer tun, ganz egal, wie viel Zeit verging. Jonah wusste und verstand das. Er fühlte schließlich genauso.

»Damit du glücklich wirst?«, fragte mein bester Freund und Tanzpartner leise.

Ich schaute zu ihm auf und direkt in seine schönen Augen. »Nein. Weil ich glücklich *bin*.«

Jonah begann zu lächeln. Das typische Jonah-Lächeln, in das ich mich als junges Mädchen so sehr verliebt hatte und das mich noch immer jedes Mal an den Jungen von früher erinnerte.

»Ich liebe dich, Sommersprosse.«

Befreit und voller Glück lächelte ich zurück. »Ich liebe dich auch.«

Als es spät am Abend langsam ruhiger wurde und die meisten Gäste, bis auf die beiden Familien des Brautpaares, gegangen waren und nur noch ein geselliges Beisammensein an zwei der letzten Tische herrschte, half ich Beth dabei, den engagierten Kellnern und Helfern letzte Anweisungen zu geben. Schließlich musste heute Nacht, sobald auch der Rest der Menschen im Haus verschwand und sich irgendwann schlafen legte, alles zusammengepackt und aufgeräumt werden. Zumindest so, dass morgen früh nur noch die aufgestellten Tische und Stühle, ebenso wie Licht und Technik und andere Kleinigkeiten weggebracht werden mussten.

Sobald jedoch auch das erledigt schien und Beth sich zu ihrem Ehemann und ihren beiden Familien setzte, entdeckte ich Jonah vollkommen allein und einsam an einem der anderen leeren Tische, der etwas abseits vom Rest und näher zum Haus stand.

Mit gerunzelter Stirn ging ich zu ihm rüber und musterte ihn prüfend. »Was machst du denn hier so allein, Reeves? Wo sind die anderen beiden Jungs?«, fragte ich verwundert.

Jonah schaute zu mir auf und lächelte. »Die sind vor wenigen Minuten zum Hotel gefahren worden.«

»Und wieso sitzt du dann noch hier? Warum bist du nicht zu den anderen rüber gegangen und hast dich zu ihnen gesetzt oder bist einfach ins Haus?«, wollte ich besorgt wissen.

Jonah zuckte mit den Schultern und lächelte noch immer. »Ich hab auf dich gewartet«, sagte er schlicht und entlockte mir damit ein rührendes Schmunzeln.

Vorsichtig ließ ich mich in meinem engen Kleid auf seinem Schoss nieder und gab ihm einen kurzen, kleinen Kuss, bevor ich zu grinsen begann. »Nun…

hier bin ich.«

Jonah sah mich durchdringend an und nickte mit ernster Miene. »Das bist du, ja. Du bist tatsächlich hier, bei mir. Nach allem, was war und nach allem, was zwischen uns stand.«

Ich lachte amüsiert auf. »So sentimental heute Abend? So kenne ich dich ja gar nicht.«

Jonah schenkte mir ein entschuldigendes Lächeln und verschränkte seine Finger mit meinen. »Ich musste nur daran denken, was für einen beschissen weiten Weg wir beide doch gegangen waren, nur um endlich anzukommen. Gemeinsam.«

Ich wusste genau, was er meinte und worüber er sich Gedanken machte. Mir ging es die letzte Zeit ähnlich und ich musste häufig an all das denken, was uns passiert war. Ich erinnerte mich an jede Kleinigkeit, an unsere Kindheit, unsere Jugend, die Schulzeit und auch an alles, was danach kam. Der Tod meiner Eltern, unser Kontaktabbruch und dann… Ben. Durch seinen Tod fanden wir wieder zusammen, irgendwie zumindest. Und doch hatte es weitere drei lange Jahre gebraucht, bis wir uns voll und ganz gefunden hatten. Dabei wussten wir beide, unser gemeinsamer Weg war noch nicht zu Ende und es würde noch häufiger holprig und ungemütlich werden. Trotzdem fühlte ich mich jetzt und heute endlich und zum ersten Mal bereit dafür – vollkommen und ohne

Zweifel.

Die Frage war nur, ob Jonah das genauso sah. Doch das war leicht herauszufinden…

Zuversichtlich lächelnd schaute ich meinen besten Freund und die Liebe meines Lebens an. »Bist du dir immer noch sicher, dass du diesen Weg auch weiter mit mir zusammen gehen willst, ganz egal wie beschissen weit und steinig er noch wird?«

Jonah überlegte keine einzige Sekunde lang. »Ich bin mir absolut sicher. Ohne *dich* gehe ich keinen Schritt und keinen Meter weiter.«

Liebevoll lächelnd lehnte ich meine Stirn an seine und schaute ihm in die Augen. »Und was ist mit…?«

»Wir finden schon eine Lösung dafür, Annie«, unterbrach mich Jonah flüsternd aber voller Überzeugung. »Wenn wir irgendwann ein Kind möchten, werden wir uns irgendetwas überlegen. Es gibt heutzutage genug Möglichkeiten. Du weißt ja, was Ben immer über mich sagte: Wenn ich etwas will, dann bekomme ich das auch. Im Augenblick möchte ich aber nur dich, Annie. Ich brauche nichts anderes, nur dich.«

Zärtlich küsste er mich als Bestätigung, doch dann fiel mir etwas ein.

Sanft schob ich Jonah ein paar Zentimeter von mir weg und griff in die kleine Seitentasche meines Kleides, in der noch immer Bens Brief steckte.

Jonah sah mich aufmunternd an und lächelte. »Bist du bereit, ihn jetzt zu lesen?«

Das war ich. Ich war so bereit wie nie zuvor. Bereit zu leben, bereit zu lieben, bereit glücklich zu werden und endlich bereit, wieder ganz und gar frei zu atmen.

Liebe Annie, meine kleine und allerliebste Schwester,
ich weiß, es ist nicht das, was du von mir erwartet hast und auch nicht das, was vielleicht richtig gewesen wäre, doch ich kenne dich nun mal besser und wusste, dieser Brief und meine Worte darin sollten dich erst nach meinem Tod erreichen. Weit nach meinem Tod, um genau zu sein.
Denn ich weiß genau, du würdest es sonst nicht verstehen und dich nur fragen, warum ich dich verlassen habe, statt darauf zu hören, was ich dir eigentlich damit sagen will.
Ich möchte dich von ganzem Herzen um Entschuldi-

gung bitten, Annabelle. Ich war dir nicht immer der perfekte oder gar ein guter Bruder. Ich habe Fehler gemacht, die ich schwer bereue und von denen ich weiß, dass sie dein Leben nachhaltig zu dem haben werden lassen, was es nun ist.

Ich bin schuld, dass du dein Medizinstudium nicht antreten konntest. Dabei weiß ich, es ist dein Traum. Das war er schon immer, sogar als du klein warst und eigentlich noch gar nichts hättest verstehen können von dem, was Dad manchmal über seine Wissenschaftssendungen geschwafelt hat.

Ich habe dir diesen Traum mit meiner Erkrankung genommen. Ich weiß das, weil das Krankenhaus mich darüber informiert hat, dass du meine Rechnungen bereits seit über einem Jahr bezahlst, nicht ich. Du steckst all dein Geld und auch all deine Zeit in meine Gesundheit und erhältst stattdessen nur mich – einen Bruder, der versagt hat. Nicht nur im Kampf gegen seinen Krebs, sondern auch darin besser zu sein. Für dich.

Du bist meine kleine Schwester, ich hätte dich beschützen und dir den Rücken stärken sollen. Stattdessen habe ich dein Leben zerstört und das ist etwas, was ich mir nie verzeihen werde. Genauso wie deine Liebe zu Jonah, von der ich immer wusste, auch wenn du es mir nie gesagt hast. Ich bin schuld daran, dass er dir niemals seine Gefühle gestanden hat, dabei hätte ich nur einmal meinen Mund aufmachen müssen und dein Le-

ben mit ihm wäre sicher anders verlaufen. Auch das ist etwas, das ich mir nicht verzeihen kann, ich verlange es deswegen auch nicht von dir.
Trotzdem habe ich in diesen, meinen letzten Tagen an deiner Seite, noch Hoffnung. Ich habe Hoffnung, du wirst eines Tages glücklich. Denn das ist alles, was für mich zählt und alles, was wichtig ist.
Werde glücklich, vor allem mit meinem besten Freund. Jonah und du, ihr gehört zusammen und ich bin mir heute sicher, ihr werdet es schaffen, ihr werdet eines Tages wieder zusammen sein. Ihr werdet euch lieben und gemeinsam alt werden.
Dieser Gedanke allein ist es, der mich in Ruhe und Gelassenheit gehen lässt.
Weil ich weiß, es wird dir mit ihm gut gehen.
Deswegen versprich mir nur noch eins, Sommersprosse: Lebe. Liebe. Atme!
Dein dich immer liebender großer Bruder,
Ben

Epilog
Jonah

Mit entspanntem Lächeln auf den Lippen saß ich auf der Wiese draußen im Garten und beobachtete das Treiben um mich herum. Der Frühling kam dieses Jahr recht früh und so war es bereits Ende März unglaublich warm und angenehm, vor allem jetzt, da die Sonne auf uns niederschien und die Pflanzen und Blumen nach dem kalten Winter langsam wieder zum Leben erweckte.

Winkend und auf der Stelle hüpfend versuchte meine Tochter auf sich aufmerksam zu machen.

»Daddy, Mr. Jenkins hat uns schon wieder den Ball geklaut!«, beschwerte sie sich schmollend und deutete zum unschuldig dreinblickenden Golden Retriever Welpen, der neugierig auf dem Ball meiner Kinder herumkaute, als wäre er ganz und gar schmackhaft.

Gracey schnaubte genervt und ging zum ahnungslosen Hund, den sie mit ihrem Blick kurz tadelte und sich anschließend vor ihn ins Gras kniete, um ihn zu streicheln und zu kraulen.

Mr. Jenkins war unser neuestes Familienmitglied und hatte es mit dem Sturkopf meiner Tochter, die uns häufig besuchte, nicht leicht. Gracey war bereits sieben und wusste mittlerweile ganz genau, was sie wollte. Emilia hatte unsere Tochter in dieser Hinsicht wirklich gut hinbekommen und ich war stolz darauf, ihr Vater zu sein. Genauso wie ich stolz darauf war, wie sie mit ihrem kleinen Bruder umging und vor allem, wie sehr sie ihn liebte.

Dabei war der Kleine noch gar nicht so lange Teil unserer Familie. Annie und ich hatten ewig darum kämpfen müssen, bis wir ihn vor einem Jahr endlich adoptieren konnten. Wir mussten dafür sogar heiraten, scheiße nochmal.

Nicht dass wir es nicht ohnehin vorgehabt hätten, doch so wurde uns damals die Entscheidung darüber abgenommen. Vor allem aber der Zeitpunkt. Ohne eine eingetragene und gültige Ehe, keine Adoption. Zumindest keine, bei der wir beide das Sorgerecht bekamen, als gleichberechtigte Partner. Deswegen ließen wir uns spontan und in nur kleinem Kreis vor etwas mehr als einem Jahr trauen.

Seitdem durfte ich das quirlige Mädchen von damals, die mit den fuchsroten Haaren und den exakt dreizehn Sommersprossen im Gesicht, das Mädchen, das ihren Familiennamen zu Ehren ihrer verstorbenen Eltern und ihres Bruders beibehalten hatte, endlich meine Frau nennen. Auch darauf war ich mächtig stolz und überglücklich darüber, sie für den Rest meines Lebens an meiner Seite zu haben.

Prüfend warf ich einen Blick nach hinten zu Graceys Bruder, der noch immer etwas verloren und unschlüssig vor dem kleinen Tor stand, vor dem die Beiden eben noch munter Feldhockey gespielt hatten.

Schmunzelnd winkte ich ihn zu mir herüber und warf ihn kitzelnd auf meinen Schoss, bis er zu lachen begann. »Feldhockey ist wohl nicht so dein Fall«, meinte ich zu ihm grinsend, »Du magst viel lieber Baseball mit deinem Dad spielen, hab ich Recht?«

Der Vierjährige nickte lautstark kichernd und versuchte sich aus meinem Griff zu befreien, als seine große Schwester ihm plötzlich zur Hilfe eilte und sich lachend auf mich stürzte, gefolgt von Mr. Jenkins, der scheinbar ebenso bei dem Spaß mitmischen wollte.

Zu viert gingen wir zu Boden, als die beiden Kinder auf einmal versuchten den Spieß umzudrehen, mich unter sich begruben und voller Freude begannen mich zu kitzeln, während der Welpe aufgeregt und verspielt bellend um uns herum hüpfte und ich lachend nach Luft japste.

»Sagt mal, was treibt ihr hier draußen eigentlich?« Annie kam aus dem Haus in den Garten. Als sie die beiden Kinder auf mir liegen sah, wie sie mich kitzelten und lachten, schmiss sie ihr Buch achtlos ins Gras und kam mir mit strahlendem Gesicht zur Hilfe.

Amüsiert grinsend schnappte sie sich unseren Sohn und nahm ihn auf den Arm, damit ich wieder zu Luft kam und besser atmen konnte, während Gracey sich ebenfalls in meine Arme schmiss und sich an mich kuschelte.

Von hier unten schaute ich hoch zu meiner Frau und lächelte, als Ben ganz automatisch seine kleinen Hände um ihren Hals schlang und sein Gesicht an ihrer Brust vergrub. Als hätte er nie woanders hingehört als genau dorthin – zu seiner Mutter.

Annie und ich wussten sofort und im ersten Moment, als wir den Kleinen sahen, dass er zu uns gehört. Nicht nur, weil er den Namen von Annabelles Bruder und meinem besten Freund trug. Er war ihm auch noch zum Verwechseln ähnlich in all seiner Art.

Er sprach wie er, er bewegte sich wie er, manchmal hatte ich sogar das Gefühl, er dachte auch wie er. Sein kleines Köpfchen schien genauso zu laufen und genauso zu funktionieren, wie damals das meines besten Freundes.

Ich musste das wissen, ich kannte ihn schließlich seit dem Sandkasten. Deswegen war die Ähnlichkeit unseres Sohnes zu Annabelles Bruder schlicht verblüffend und wahnsinnig faszinierend für uns, all das zu beobachten.

Kein Wunder, dass Annie ihn auf Anhieb und wie ihren eigenen, leiblichen Sohn liebte. Er war eben *Benjamin Parker*. Der Zweite, um genau zu sein. Und doch füllte er seitdem in uns die Lücke, die der erste vor Jahren hinterlassen hatte.

Mit ihm und auch mit Gracey an unserer Seite, fühlten Annie und ich uns komplett. Wir waren unsere eigene, kleine Familie und nach all den Jahren, unserer langen Reise, waren wir nicht nur am Ziel unserer Träume, wir waren angekommen. Gemeinsam.

Und das allerbeste daran? Mein bester Freund behielt letztendlich mit allem Recht, was er seiner Schwester in seinem Brief geschrieben hatte. Annie war endlich und aus tiefstem Herzen glücklich.

Ende

Danksagung

Meine lieben Leser und Fans, dieses Buch, dieses Finale der Keep Breathing Trilogie, ist für euch. Vielen lieben Dank für eure Liebe und Begeisterung zu meinen Büchern. Danke für eure wahnsinnig tolle Unterstützung und die vielen lieben Worte, die mich tagtäglich über Facebook und Co. erreichen. Dankeschön für eure Liebe.

Ich hoffe, ihr hattet Spaß mit Annie und Jonah, habt mit ihnen gelitten, geweint und ebenso gelacht. Ich habe es auf alle Fälle und deswegen weiß ich, ich werde sie sehr vermissen. Denn ganz besonders diese

Charaktere, Ben selbstverständlich eingeschlossen, habe ich ganz tief in mein Herz geschlossen. Vielleicht behaltet daher auch ihr sie in Erinnerung. Es würde mich sehr freuen.

Danke natürlich auch dieses Mal an die wundervolle Nathalie für die Korrektur dieses Buches. Deine Tipps, Ratschläge und Anregungen helfen mir immer enorm weiter und ich weiß deine Mühe, vor allem auch deine knappe Zeit sehr zu schätzen. Vielen Dank, dass du auch weiterhin an meiner Seite bleibst und mich auf meinem Weg begleitest.

Ein weiterer großer Dank geht an meine Mädels vom *fuchsteufelsmild Bloggerteam*. Liebe Ivonne, Nicole, Katrin, Ricarda, Stefanie B., Carmi, Marie-Isabel, Irene, Stefanie W., Christina, Mareike, Kerstin, Dominique, Daniela, Rebecca, Jacqueline und Janine, ich danke euch sehr für eure Unterstützung und Hilfe bei meiner täglichen Arbeit. Ihr seid Spitze! ;-)

Danke natürlich auch diesmal an meine Familie, meine Eltern und Geschwister, aber auch an meine Schwiegerfamilie in spe. Ich habe euch alle wahnsinnig lieb und bin sehr glücklich über eure Unterstützung.

Und wie jedes Mal: *Last but NEVER least*. Ein unendlich großes Dankeschön an die Liebe meines Lebens und meinen ganz persönlichen Superhelden – meinen Lebensgefährten – mein Ein und Alles. *Du bist mein Jonah im wahren Leben.*

Über den Autor

Katie Weber wurde 1986 in Sibirien geboren. Seit 1992 lebt sie in Deutschland. Schon als Kind wollte sie Schriftstellerin sein und schrieb oft und gerne Kurzgeschichten. Bereits seit 2012 schreibt sie Bücher und hat sich 2016 dazu entschieden, diese zu veröffentlichen. Mit ihrem Lebensgefährten lebt sie in der Nähe von Heidelberg im schönen Odenwald.

Website: fuchsteufelsmild.com
Facebook: facebook.com/KatieWeberAutorin

Weitere Bücher des Autors

Über zwei Ecken – Verliebt in den Falschen (Mitbewohner Reihe, Band 2)

Genre: Romanze, New Adult, Junge Erwachsene, Humor
Format: Taschenbuch und Kindle Edition (Ebook)
Seiten: 300

ISBN: 9781973247166

Jetzt auf Amazon bestellen:
amazon.de/dp/197324716X

Bobbie Clark hat es endlich geschafft. Seit einigen Wochen ist die junge Frau auf dem College und raus aus ihrem alten Leben, hinaus in der freien, weiten Welt, von der sie immer träumte. Als ihr dann auch noch ausgerechnet der beliebte und gutaussehende Adam Walker ein freies Zimmer in seinem Haus anbietet, scheint alles perfekt. Bis zu dem Tag, an dem ein zweiter Walker in Bobbies Leben platzt. Adams Zwillingsbruder Cameron ist nämlich so gar kein angenehmer Zeitgenosse. Grimmig und abweisend in seiner Art hält er die zurückhaltende Bobbie auf Abstand. Doch diese hat ohnehin nur Augen für seinen Bruder Adam. Wären da nicht diese seltenen Momente mit Cameron, die Bobbie an allem zweifeln lassen, was sie bisher zu wissen glaubte.

Leseprobe

1 Bobbie

Die Sonne ging gerade unter, als ich nach der letzten Vorlesung auf mein altes Fahrrad stieg und mit vorfreudigem Lächeln in die Pedale trat. Seit einigen Wochen schien mein Leben so zu laufen, wie ich es mir immer erträumt hatte. Ich war glücklich mit dem, was ich hatte. Das College tat mir gut und war genau das, worauf ich schon so lange gewartet hatte.

Keine Highschool Dramen mehr, keine Schikane irgendwelcher Cheerleaderpüppchen, die nicht einmal meinen richtigen Namen kannten und mich stattdessen nur Brillenschlange oder Streber nannten. Dabei war ich nicht einmal besonders gut in der Schule. Meine Noten waren eher Durchschnitt, weswegen ich immer dachte, ich würde es niemals aufs College und damit weg aus Temperfield schaffen.

Nicht dass ich meine Heimat nicht mochte, ich war nur nicht für das Leben dort geschaffen. Weder gab es einen Supermarkt vor Ort noch irgendetwas anderes Erwähnenswertes. Es war ein winziges Kaff mitten in der Einöde Australiens. Ich wollte schon mein Leben lang dort raus, hinaus in die weite Welt. Oder zumindest raus aus Temperfield, hinein in eine Stadt, wo man mehr sehen, mehr erleben konnte. Ich war es satt, ständig nur dieselben Leute um mich zu haben, hatte es satt, auf der Farm meiner Eltern zu leben, so sehr ich sie auch liebte. Es genügte mir nicht mehr. Ich wollte Mehr.

Nun lebte ich nicht nur an einem der schönsten Küstenstädtchen Queenslands, ich studierte sogar an einem richtigen College. Doch das allerbeste daran? Ich wohnte seit einiger Zeit auch noch mit ihm zusammen: Adam Walker! Ein wahnsinnig gutaussehender und sympathischer Typ, einer, dem man nur selten begegnete.

Ich konnte es ehrlich gesagt noch immer nicht fassen, dass er von all den Anfragen und Bewerbern für das kleine freie Zimmer in seinem Haus ausgerechnet mich als seine Mitbewohnerin auserwählte. Statt eines hübschen, heißen Mädchens vom College oder irgendeinem anderen Typen oder gar einem Freund, entschied er sich tatsächlich für mich. Mich! Warum ich so viel Glück verdiente, wusste ich nicht. Doch ich war unendlich dankbar dafür.

Adam war der Traum einer jeden Frau! Und das nicht nur dank seines guten Aussehens. Adam Walker war noch dazu unheimlich charismatisch. Er war nett, zuvorkommend und ein wirklich kluges Köpfchen. Kein Wunder, dass ihm die Frauen zu Füßen lagen und der halbe Campus von ihm schwärmte.

Zugegeben, ich tat es auch. Und wie! Es war mir unangenehm und ich versuchte zu vermeiden, dass ich wie alle anderen Mädchen reagierte – es war unmöglich. Sobald er sich in meiner Nähe befand, was als Mitbewohner zwangsläufig und recht häufig passierte, musste ich aufpassen, nicht zu hyperventilieren. Mein Herz raste wie verrückt und ich wurde rot wie eine überreife Tomate. Jedes verdammte Mal! Ich schämte mich schrecklich dafür.

Normalerweise war ich das absolute Gegenteil von einem typischen Mädchen. Doch wenn es um

Adam Walker ging, dann setzte etwas in meinem Hirn aus und ich wurde zu einem hormongesteuerten Etwas, das mir nur noch rein äußerlich ähnelte.

Auch jetzt wurde ich wieder schrecklich nervös, als stünde ich kurz vor dem ersten Date mit meinem Traummann. Nur dass es weder ein Date war, nach dem mich Adam gefragt hatte, noch war es irgendetwas anderes, das mich meinen innigsten Wünschen näher brachte.

Ich wollte von Adam Walker wahrgenommen werden. Nicht nur als seine Mitbewohnerin, die etwas schrullige, schüchterne, Hornbrillen tragende Bobbie Clark. Ich wollte von ihm begehrt werden, richtig geliebt. Doch scheinbar machte ich bisher immer etwas falsch. In den letzten Wochen, in denen wir zusammenlebten, sah er mich mehr als eine gute Freundin – vielleicht sogar so etwas wie seine kleine Schwester. Als richtige Frau mit Brüsten und Kurven nahm er mich nicht wahr. Noch nicht! Denn nachdem sich alles andere in meinem Leben langsam fügte und ich endlich glücklich sein konnte, war ich sicher, ich würde auch das schaffen. Ich, Bobbie Clark, würde Adam Walker den Kopf verdrehen und ihn für mich gewinnen. Jawohl! Das war der Plan und von dem würde ich keinesfalls und nicht einen Millimeter abweichen.

Aufgeregt, weil ich hoffte, meinen Mitbewohner gleich wiederzusehen, stieg ich von meinem Fahrrad und stellte es im Vorgarten ab. Da es sowieso längst steinalt war und nur zwei Gänge besaß, schloss ich es niemals ab. Es würde ohnehin niemand klauen wollen. Nicht in dieser gutbetuchten Gegend.

Bereits nach Erklimmen der ersten Verandastufen hörte ich Stimmen aus dem Haus hallen. Eine von ihnen gehörte Adam – ganz eindeutig. Doch die andere kam mir weniger bekannt vor. Das war seltsam! Mittlerweile kannte ich nämlich fast alle von Adams Freunden und war mir deswegen sicher, es war keiner von ihnen. Und je näher ich den immer lauter werdenden Stimmen kam, desto mehr war ich mir sicher, es war ebenso niemand, den Adam gern bei sich hatte. Ganz im Gegenteil sogar. Er wirkte wütend, vielleicht auch erbost. Worüber wusste ich jedoch nicht. Ich verstand nur einzelne Wortfetzen, die allerdings so gar keinen Sinn oder Zusammenhang für mich ergaben. Doch das machte mich umso neugieriger.

Leise schloss ich die Haustür auf, in der Hoffnung, weder Adam noch seinen Gast bei ihrer Diskussion zu stören. Doch noch ehe ich den Flur betrat, stand plötzlich mein Mitbewohner breit grinsend vor mir und betrachtete mich lauernd.

»Hey«, sagte ich verunsichert lächelnd und stellte meine Tasche auf dem Boden ab.

»Hey! Wie war dein Tag?«, fragte Adam interessiert, was er jedoch sonst nie tat.

»Gut, danke. Wie war deiner?« Wo war sein Besuch? Hatte er ihn einfach allein gelassen, als er gehört hatte, dass ich nach Hause kam?

»Unerwartet«, erwiderte er gedehnt und presste die Lippen hart aufeinander. »Würdest du mir bitte kurz ins Wohnzimmer folgen?«

Ich nickte knapp und wurde noch nervöser als ich ohnehin schon durch seine Anwesenheit war. Was hatte das alles zu bedeuten? Wollte er mir jemanden vorstellen? Vielleicht ein weiterer, neuer Mitbewohner? Es würde mich nicht wundern. Schließlich hatte dieses Haus weitaus mehr Räume, die Adam hätte vermieten können – vor allem an Studenten. Der Campus lag immerhin nur wenige Minuten von hier entfernt und niemand wollte freiwillig in einer der winzigen Besenkammern leben, die im Wohnheim angeboten wurden.

Scheu wie ein Reh betrat ich hinter Adam das großzügig geschnittene Wohnzimmer und wurde augenblicklich von einem dunklen Augenpaar fixiert und angestarrt.

»Wer ist das?«, fragte der Fremde unfreundlich, der auf Adams Couch saß und mich wie Freiwild von unten bis oben musterte. Ihm schien so gar nicht zu gefallen, was er sah, denn sein Blick wurde immer dunkler, seine Mundwinkel sanken unzufrieden nach unten und sein Kiefer spannte sich unübersehbar an. Als wäre ich ein dummes, kleines, naives Schaf und würde von einem reißerischen, bösen und hungrigen Wolf ins Visier genommen werden.

»Das ist mein Bruder Cameron«, ignorierte Adam die Frage des Fremden und startete mir zuliebe stattdessen mit zusammengebissenen Zähnen und einem warnenden Blick zur Couch einen Erklärungsversuch, während mich der andere nach wie vor grimmig musterte, als würde er mich am liebsten auf der Stelle zerfleischen.

Skeptisch schaute ich zu meinem Mitbewohner und dann zu seinem vermeintlichen Bruder, der ihm wohlgemerkt so gar nicht ähnlich sah. Wirklich überhaupt nicht! »Ich wusste gar nicht, dass du Geschwister hast«, nuschelte ich leise, weil ich nicht wusste, wie ich mich dem Fremden gegenüber verhalten sollte. Er verunsicherte mich schrecklich.

Adam warf Cameron erneut einen seltsamen Blick zu, bevor er wieder mich ansah und lächelte. »Cam und ich sind Zwillinge.«

»Ernsthaft?«, rutschte es mir entgeistert und

viel zu schrill heraus, weswegen ich mir anschließend beschämt die Brille auf der Nase hochschob und auf die Innenseite meiner Wange biss, um meinen Unglauben zu vertuschen.

»Adam, verdammt! Wer zum Teufel ist der Bücherwurm?«, fragte der zweite Walker seinen Bruder und blickte mich weiter so an, als hätte ich ihm etwas getan.

»Das ist Bobbie. Ich habe dir doch eben noch von ihr erzählt«, meinte Adam lächelnd und zwinkerte mir zu, was mich unweigerlich erröten ließ und ich mir auf der Stelle noch dümmer vorkam als ich mich in diesem Augenblick ohnehin schon fühlte.

»Bobbie?«, fragte Cameron begriffsstutzig. Eine tiefe Falte bildete sich auf seiner Stirn.

Freundlich lächelnd schritt ich zur Couch und schob ihm meine Hand entgegen. »Bobbie Clark, freut mich, dich kennenzulernen«, sagte ich versucht furchtlos, auch wenn das in seiner Gegenwart wahrlich nicht leicht war. Der zweite Walker schüchterte mich mindestens genauso ein wie der erste. Nur eben auf eine vollkommen andere Art und Weise. Bei Adam bekam ich weiche Knie, weil ich ihn mochte und er mein Herz höher schlagen ließ. Bei Cameron passierte das hingegen, weil ich mich vor ihm seltsam schutzlos fühlte. Vielleicht lag das aber auch nur an seinem Blick, bei dem ich das ungewohnte Gefühl hatte, er würde in mich hineinsehen können, nicht einfach nur durch mich hindurch, wie es bei den meisten Menschen der Fall war.

»Du verarschst mich, oder? *Das* ist Bobbie? Dein Mitbewohner?«, wollte Cameron von seinem Bruder fassungslos wissen und starrte mich erneut mit einem finsteren Blick an, den ich nicht deuten konnte. Und es auch nicht wollte.

»Mitbewohnerin«, huschte es knapp über meine Lippen. Auch wenn ich mich fast nicht traute, ihn zu korrigieren, so tat ich es dennoch. Leise und viel zu kleinlaut. Ich war es nämlich gewohnt, mit einem Mann verwechselt zu werden. Zumindest wenn man nur meinen Namen und nicht das Gesicht dazu kannte.

»Das ist doch aber kein Kerl!«, knurrte Cameron Walker plötzlich, überging meinen Kommentar völlig, als hätte ich nie etwas gesagt, und starrte seinen Bruder wütend nieder.

»Ja, Bruderherz, da hast du Recht. Bobbie ist ganz offensichtlich kein Kerl«, erwiderte Adam lachend und deutete unnötigerweise auf meine scheinbar nicht ganz zu übersehenden Brüste, die unter ein viel zu enges Shirt gequetscht wurden. Alles nur, damit Adam mich endlich als richtige

Frau wahrnahm. Was er offenbar längst tat, sonst hätte er seinen Bruder nicht darauf aufmerksam gemacht.

Innerlich freute ich mich über diesen kleinen Fortschritt, wurde jedoch sogleich von Camerons dunkler Stimme von meiner siebten Wolke heruntergerissen.

»Ich dachte, du wohnst mit irgendeinem Typen von der Uni zusammen, als du von Bobbie erzählt hast«, sagte dieser und starrte Adam noch immer düster und verärgert an.

Keine Ahnung, was ihm an der Situation – oder vielleicht auch an mir – nicht passte. Es war mir auch egal. Denn alles, was ich aus seinem Satz herausfiltern konnte, war das: »Du hast von mir erzählt?«, fragte ich Adam überrascht und voller Hoffnung.

Statt aber einer Antwort wurde ich wieder einmal übergangen. Diesmal von allen beiden. »Was ist dein Problem, Cam? Du bist zu mir gekommen, weil du Hilfe brauchst. Nicht umgekehrt.«

Wie bei einem spannenden Tennismatch schaute ich zwischen den beiden Brüdern umher, verstand allerdings kein einziges Wort von dem, was sie sprachen. Weswegen brauchte Adams Bruder Hilfe?

»Danke, aber ich verzichte lieber«, zischte der

zweite Walker und stand ruckartig vom Sofa auf. Vermutlich um zu gehen und sich aus dem Staub zu machen. Ich hatte sicher nichts dagegen.

Adam schien das allerdings anders zu sehen und stellte sich Cameron in den Weg, noch ehe dieser das Wohnzimmer verlassen konnte. »Wieso? Weil du dann einmal in deinem Leben mit einem Mädchen zusammenleben müsstest? Oh mein Gott, wie grausam!«, giftete er.

Ich jedoch wurde hellhörig. »Zusammenleben?«, fragte ich irritiert und runzelte verständnislos die Stirn. Hatte ich mich da gerade verhört? Ich hoffte es wirklich!

Adam seufzte. »Cam ist heute zu mir gekommen, weil er dringend eine Bleibe braucht. Nur vorübergehend. Aber ich dachte, du hättest sicher nichts dagegen.« Nichts dagegen? Wie kam er darauf? Schließlich kannte ich seinen Bruder nicht einmal.

»Ähm«, setzte ich an, um etwas zu sagen, schloss den Mund dann aber wieder. Schließlich stand es mir nicht zu, dagegen zu protestieren, wenn Adam seinen Bruder hier mit uns zusammen wohnen lassen wollte. Es war immerhin sein Haus, nicht meins. Oder war es vielleicht sogar das Haus von beiden – von Adam und Cameron?

Mir konnte es eigentlich egal sein und es ging

mich im Grunde auch nichts an. Freie Zimmer gab es noch genug. Und um ehrlich zu sein, ich konnte froh sein, dass es *nur* Adams Bruder war und nicht irgendein Mädchen, das mir bei Adam in die Quere kam und mir meinen Plan vermasselte.

»Schon gut, Brillenschlange«, unterbrach der unfreundliche Walker meine Gedanken und schob mich unsanft beiseite, da ich den Ausgang aus dem Wohnzimmer versperrte. »Du brauchst keine Angst haben, ich werde sicher nicht hier bleiben. Keinen einzigen Tag. Du hast meinen Bruder also ganz für dich allein.«

Ertappt senkte ich den Blick und starrte auf meine Schuhspitzen. Die sollte ich unbedingt mal wieder putzen.

»Cam«, versuchte ihn Adam erneut aufzuhalten und ihn scheinbar zur Vernunft zu bringen. Doch das schien Cameron nur noch wütender zu machen.

Zornig drehte er sich zu mir und seinem Bruder um und starrte uns feindselig an. »Vergiss es, Adam. Es war nie die Rede davon, dass ich mir das Badezimmer mit irgendeiner verwöhnten Prinzessin teilen muss. Ich werde auf keinen Fall mit jemanden wie ihr zusammenwohnen. Nicht einmal, wenn es vorübergehend ist.«

Verletzt schnappte ich nach Luft. »Jemandem

wie mir?«, fragte ich gekränkt, wurde allerdings wieder einmal übergangen. Einfach so. Als wäre ich gar nicht da.

»Du hast keine andere Wahl, fürchte ich«, antwortete Adam stattdessen seinem Bruder. »Es sei denn, du willst zurück zu Mom und ihrem Lover.«

Sofort veränderte sich der Ausdruck in Camerons Augen und Wut wechselte zu Verzweiflung. Was auch immer die beiden Brüder für ein Verhältnis zu ihrer Mutter haben, Cameron Walker wollte keinesfalls zu ihr zurück. Zu ihr oder ihrem Geliebten.

Ich fragte mich, was mit ihrem Dad war. Adam hatte seitdem wir zusammenlebten noch nie etwas über seine Familie erzählt. Deswegen hatte ich auch überhaupt keine Ahnung, dass er einen Bruder hatte. Einen Zwillingsbruder! Herrgott, so etwas erwähnte man doch schon mal bei Gelegenheit. Adam jedoch tat es nicht. Und mir schien, das hatte einen guten Grund.

»Zwei Wochen, Adam! Keinen Tag länger«, knurrte Cameron unzufrieden und mit zusammengebissenen Zähnen und ich fragte mich, wieso er nicht woanders wohnen konnte, wenn er doch die Hilfe seines Bruders so ungern annahm. Hatte er keine Freunde, die ihn aufnehmen konnten? Oder zumindest irgendeinen Bekannten?

Mir war unwohl bei dem Gedanken, das Haus ab sofort mit diesem Typen teilen zu müssen. Er schien so anders als sein Bruder. Unfreundlich und äußerst unsympathisch. Sein grimmiger Blick und die dunklen Augen machten es auch nicht wirklich besser. Überhaupt wirkte der zweite Walker wie das exakte Gegenteil vom ersten.

Adam hatte weiche, sanfte Gesichtszüge, helle Haare und wirklich schöne himmelblaue Augen. Cameron hingegen hatte fast pechschwarzes Haar, ein sehr markantes Gesicht, welches ein ungepflegter Dreitagebart schmückte. Außerdem waren seine Augen dunkel, fast schon finster. Wobei ich die Farbe zugegeben nicht genau erkennen konnte, so wie er sie in diesem Moment zusammenkniff, als er mich ebenso abschätzig musterte wie ich ihn.

»Komm mit, Bruderherz. Ich zeig dir die freien Gästezimmer. Du kannst dir eins davon aussuchen. Ein eigenes Bad bekommst du zwar nicht, doch es gibt trotzdem mehr als eins in diesem Haus. Du musst also keine Angst haben, es mit Bobbie teilen zu müssen«, sagte Adam versöhnlich und verschwand im angrenzenden Flur, ohne darauf zu warten, dass ihm Cameron folgte.

Für wenige Sekunden stand der einen Kopf größere Walker vor mir und starrte auf mich nieder, als versuchte er etwas zu begreifen. Was, wusste ich jedoch nicht. Deswegen verschränkte ich schützend meine Arme vor der Brust und versuchte nicht allzu eingeschüchtert zu wirken.

»Willkommen in der WG«, murmelte ich verlegen und schob mir meine Brille erneut nach oben. Das tat ich immer, wenn ich unsicher war und nicht wusste, was ich sonst sagen oder tun sollte.

»Ich bin alles andere als willkommen, Brillenschlange. Der Unterschied zu dir ist nur, ich rede es mir nicht schön.«

Verwirrt runzelte ich dir Stirn. »Weswegen sollte ich es mir schön reden? Adam hat mich selbst als seine Mitbewohnerin ausgesucht.«

Cameron musterte mich argwöhnisch. »Dann frag dich mal warum.«

Mit diesen Worten drehte er sich um, ließ mich einfach stehen und folgte seinem Bruder in sein neues Zimmer, das zu meiner späteren Überraschung direkt neben meinem lag. Das konnte ja heiter werden.

2
Cameron

Was für eine beschissene Situation war das bitte? Ich hätte im Kreis kotzen können, wenn ich daran dachte, die nächsten Wochen zusammen mit Adam und diesem Bücherwurm zu leben. Was hatte mich eigentlich geritten, als ich ausgerechnet meinen Bruder um Hilfe bat? War ich vollkommen irre? Ich hätte wissen müssen, dass es eine Scheißidee war, zu Adam zu gehen. Er tat nie etwas ohne Grund oder Gegenleistung.

Auch wenn er mein Zwillingsbruder war und wir uns laut Wissenschaftlern ziemlich nahe stehen müssten, so war das bei uns beiden noch nie der Fall gewesen. Von Geburt an waren wir so unterschiedlich wie zwei Menschen nur sein konnten. Adam kam ganz nach unserer Mom, wohingegen ich scheinbar eher Dad glich.

Verzweifelt fuhr ich mir mit beiden Händen durch die Haare, bevor ich mich in meinem neuen Zimmer umsah. Es schien unverkennbar das alte Jugendzimmer unseres Vaters. In diesem Haus war er damals aufgewachsen. Ich brauchte vorhin nur einen Blick hinein werfen und wusste, ich wollte in keines der anderen Gästezimmer. Auch wenn das bedeutete, ich musste die nächste Zeit Tür an Tür mit diesem Bücherwurm verbringen. Am liebsten hätte ich so viel Abstand wie nur irgend möglich zu ihr gehalten, wäre ihr komplett aus dem Weg gegangen. Doch nur wegen ihr darauf zu verzichten, in Dads altem Zimmer sein zu dürfen, brachte ich nichts übers Herz.

Außerdem musste ich schleunigst herausfinden, was Adam mit der stillen Maus von nebenan im Schilde führte. Ich wusste nämlich, dass mein Bruder sie nicht ohne Grund als seine Mitbewohnerin ausgesucht hatte. Sie passte weder in sein Beuteschema, noch spielte Geld dabei eine Rolle. Davon besaß Adam mehr als genug, ganz im Gegensatz zu mir. Es blieb also nur eine Möglichkeit und die würde bedeuteten, er nutzte sie für seine Zwecke aus – welche auch immer das sein mochten. Zutrauen würde ich ihm das allemal. Adam war schon immer voll und ganz auf sich selbst und seine eigenen Interessen fokussiert. Er war nun mal der Sohn unserer Mutter, ihr gottverdammtes Heiligtum.

Eigentlich konnte es mir vollkommen egal sein, was Adam mit der Kleinen vorhatte oder weswegen er sie tatsächlich hier wohnen ließ. Das Mädchen war alt genug und musste selbst wissen, was sie tat oder was sie sich von meinem Bruder gefallen ließ. Wenn sie Adam nur noch durch eine verdammte rosarote Brille sah und deswegen nicht erkannte, was für ein dämliches Arschloch er sein konnte, war das am Ende auch nicht mein Problem. Ich hatte Wichtigeres, um das ich mich kümmern musste. Einen neuen Job zu finden stand dabei an oberster Stelle.

Sobald ich wieder regelmäßiges Einkommen hatte, konnte ich dort weitermachen, wo ich vor Monaten bereits begonnen hatte. Außerdem konnte ich hier dann schnellstmöglich wieder verschwinden. Lange würde ich es mit meinem Bruder und diesem Dornröschen ohnehin nicht unter einem Dach aushalten.

Seufzend stand ich vom Bett auf, auf dem ich mindestens die nächsten zwei Wochen schlafen sollte. Adam hatte vor wenigen Minuten das Haus verlassen, um mit ein paar Kumpels durch die Stadt zu ziehen. Mir war das nur recht. So musste ich mich nicht jetzt schon mit diesem Idioten auseinandersetzen und hatte meine Ruhe.

Ich beschloss die Lage abzuchecken und den Kühlschrank zu plündern, sofern ich darin überhaupt etwas Essbares finden würde. Mir war es egal, ob das Zeug darin nicht meins war. Solange kein beschissener Post-it mit Namen drauf klebte, gehörte es der Allgemeinheit. So einfach war das.

Ich verließ mein Zimmer und trat in den schmalen Flur im Obergeschoss. Nirgends schien Licht zu brennen, also ging ich davon aus, dass die Kleine mit der dicken Brille ebenfalls unterwegs war. Schließlich war Wochenende und selbst jemand wie sie musste ein oder zwei Freunde haben, mit denen sie sich hin und wieder traf – dachte ich gerade noch, als im selben Moment die Tür neben mir aufflog und ein äußerst verschlafenes Dornröschen mit noch halb zugekniffenen Augen direkt in mich hineinlief.

Mit einem dumpfen Geräusch prallte ihr müdes Gesicht gegen meine Brust und ein erstickter Laut entwich ihrer Kehle.

»Scheiße Clark, siehst du ohne die verdammte Nerdbrille denn gar nichts mehr?«, bluffte ich sie knurrend an und schob sie unsanft von mir weg.

Erschrocken sah der Bücherwurm zu mir auf und erstarrte zur Salzsäule. Vermutlich hatte sie längst vergessen, dass ich da war und sie nicht mehr nur alleine mit Adam hier lebte. Das erklärte auch ihr unerwartet freizügiges Outfit. Nur in kurzen Shorts, auf denen Einhörner Regenbögen kotzten, und einem engen, leicht durchsichtigen Top, stand sie vor mir wie ein paralysiertes Reh im Lichtkegel eines anfahrenden Autos.

»Entschuldige«, drang es schrecklich leise und beschämt zu mir hervor. »Ich hab dich tatsächlich nicht gesehen«, gab sie verunsichert zu und biss sich auf die Unterlippe. Mir fiel auf, dass sie ohne die dicke Hornbrille auf der Nase ungewöhnlich interessante Augen hatte. Zumindest konnte man sie so endlich richtig erkennen. Sie erinnerten mich seltsamerweise an etwas sehr Vertrautes. Etwas, was mir in meiner Kindheit alles bedeutete. Der Ozean in der kleinen Bucht von Grandmas altem Haus in Madison Bay.

»Hast du gerade etwa ehrlich schon geschlafen?«, fragte ich ungläubig.

Sie nickte und machte ein paar Schritte rückwärts, um so viel Abstand zwischen uns zu bringen, wie es in diesem scheißengen Flur möglich war. »Ich bin während des Lesens einfach eingeschlafen, fürchte ich.«

Wusste ich es doch, dass sie ein Bücherwurm war. Herrgott, das konnte man nun wirklich nicht übersehen, so wie das Mädchen sich anzog und wie sie sich hinter dieser grässlichen Brille versteckte.

»Und die Schlafklamotten hattest du rein zufällig schon an oder was?«, fragte ich skeptisch und deutete auf ihre offensichtliche Schlafshorts und das Top, das sie mit Sicherheit niemals freiwillig in der Öffentlichkeit und bei helllichtem Tag angezogen hätte. Schon gar nicht in die Uni, wenn sie andere Menschen darin sehen konnten. Meine Güte, es war nicht zu übersehen, wie unwohl es ihr allein in diesem Moment schien, dass ich sie so sah.

»Die zieh ich mir immer an, wenn ich abends lese. So ist es bequemer«, gestand sie leise und mied meinen Blick. Hatte sie Angst vor mir? Oder war es ihr einfach nur schrecklich unangenehm?

»Du hattest also ernsthaft nichts anderes vor, als zu lesen heute Abend? Dir ist schon klar, dass Wochenende ist? Zieht ihr Studenten dann nicht immer um die Häuser und sauft oder vögelt euch das Hirn aus dem Kopf? Dachte immer, dafür würde man überhaupt aufs College gehen.«

Clark lief knallrot an und zupfte nervös am Saum ihres Tops. »Du bist schließlich auch hier«, stellte sie neunmalklug aber ziemlich verunsichert fest, was mich beinahe zum Schmunzeln brachte.

»Ich bin ja auch kein Student.«

»Bist du nicht?«, fragte sie erstaunt und schaute wieder zu mir auf. Der Ozean von Madison Bay verschluckte mich für einen kurzen Moment.

»Sehe ich etwa so aus?« Ich deutete auf mich selbst und verzog das Gesicht. War das Mädchen tatsächlich so blind? Weder meine Klamotten noch mein Äußeres passten zu einem typischen Studenten des Townsville Colleges.

Der Bücherwurm grübelte einen Moment lang mit gerunzelter Stirn. »Ich dachte nur, weil Adam…«

»Adam und ich haben nichts gemeinsam«, unterbrach ich sie gereizt. Ich hasste es, mit meinem Bruder verglichen zu werden. Nur weil wir Zwillinge waren, hieß das nicht, dass wir alles miteinander teilten oder uns ähnelten. Wir waren so verschieden wie Tag und Nacht.

»Offensichtlich«, huschte es beinahe lautlos über die Lippen der kleinen Streberin und ich dachte zuerst, ich hätte mich verhört. Hatte ich aber nicht.

»Was?«, fragte ich lauernd und ballte automatisch die Hände zu Fäusten.

Ich wusste genau, was sie damit sagen wollte, wusste genau, was sie über mich dachte. Und eigentlich hätte es mir egal sein sollen. Schließlich scherte ich mich nur in den seltensten Fällen darum, was die Leute über mich dachten. Doch bei dieser Kleinen war das irgendwie etwas anderes. Sie hatte nicht das Recht, mich in irgendeine Schublade zu stecken, in die ich nicht hineingehörte. Dafür hatte sie zu wenig Ahnung. Und noch weniger Erfahrung, wie mir schien.

»Nichts, schon gut«, nuschelte der Bücherwurm eingeschüchtert vor sich hin und starrte nervös auf ihre nackten Füße, während es mir wie Schuppen von den Augen fiel, als ich sie so vor mir stehen sah.

»Du stehst tatsächlich auf ihn, oder?«, fragte ich, ohne eine Antwort zu erwarten. »Natürlich tust du das! Jede tut es. Vor allem diese oberflächlichen Collegehasen. Und ich dachte schon, ich hätte mir das vorhin nur eingebildet. Die Art, wie du ihn angesehen hast. Du stehst wirklich auf ihn!«

Ertappt schnellte ihr Kopf nach oben und sie starrte mir entsetzt ins Gesicht. »Das ist überhaupt nicht wahr!«, widersprach sie nicht mehr ganz so kleinlaut und stampfte mir empört hinterher, als ich sie einfach stehen ließ und in die Küche ging.

»Sieh an, du kannst also auch in normaler Lautstärke reden«, zog ich sie auf, als ich einen Blick in den zu meiner Freude vollen Kühlschrank blickte. Und tatsächlich kein einziger Post-it mit Namen klebte auf den Sachen. Perfekt!

»Ich stehe nicht auf deinen Bruder! Adam und ich sind nur Freunde. Und Mitbewohner«, redete sich die Brillenschlange weiter raus, während ich mir sämtliche Tupperdosen, in denen ich Essbares vermutete, auf den Tisch stapelte.

»Adam hat keine weiblichen Freunde. Tut mir leid, deine Seifenblase zerplatzen zu müssen, Prinzessin.«

Clark rümpfte die Nase, was vielleicht sogar niedlich ausgesehen hätte, wäre sie nicht Clark. »Woher willst du das so genau wissen? Scheinbar steht ihr euch nicht sonderlich nah.«

Überrascht sah ich zu ihr auf. »Hat er das gesagt?«

»Es ist offensichtlich«, erwiderte sie schulterzuckend und wieder einmal viel zu leise. Als hätte man die Lautstärke des Fernsehers plötzlich runtergedreht. Hatte sie etwa Angst, lauter zu sein? Oder hatte sie Angst, tatsächlich verstanden zu werden?

»Und *ich* finde, es ist offensichtlich, dass du von meinem Bruder flachgelegt werden willst«, meinte ich bösartig und starrte sie prüfend an, nur um eine verräterische Reaktion ihres Körpers nicht zu verpassen, die sicherlich sogleich folgen würde.

Wie auf Knopfdruck errötete Clark unübersehbar, schwieg diesmal jedoch. Vermutlich weil sie merkte, dass es keinen Sinn hatte, mit mir zu diskutieren. Vor allem nicht dann, wenn ich ohnehin Recht hatte und sie mit Leichtigkeit durchschauen konnte.

Mit zusammengepressten Lippen sah mir der Bücherwurm dabei zu, wie ich die Tupperdosen, die ich zuvor aus dem Kühlschrank genommen hatte, öffnete und an ihrem Inhalt roch. Gar nicht mal so übel! Auch wenn ich bei den meisten Sachen nicht mal sicher war, was es sein sollte. Zumindest sah es appetitlich aus. Jetzt musste es nur noch schmecken.

»Das gehört mir«, hörte ich Clark schüchtern, aber nicht ohne Empörung in der Stimme, sagen.

Ich zuckte gleichgültig mit den Schultern. »Jetzt ist es meins.«

»Das kannst du nicht machen! Ich hab es mir extra gekocht, um es mir später aufwärmen zu können«, protestierte die Kleine zu meiner Verwunderung, machte jedoch keine Anstalten, mir die Tupperdosen wegzunehmen.

»Ich *kann* und ich *werde*«, stellte ich mit warnenden Blick klar, der sie leicht zusammenzucken ließ.

»Aber…« Sie hatte keine Ahnung, was sie sagen sollte. Offensichtlich hatte sie wirklich Angst vor mir. War mir nur recht. »Du kannst nicht…«

»Was willst du dagegen tun, Clark?«, unterbrach ich sie erneut und baute mich in voller Größe vor ihr auf. Dabei fiel mir zum ersten Mal auf, wie schrecklich winzig und zierlich sie eigentlich war. Es passte zu ihr wie das Salz zum Meer.

Mit scheuem Blick schaute sie zu mir auf und zupfte wieder einmal nervös am Saum ihres Tops. »Das solltest du trotzdem nicht tun. Du weißt ja nicht einmal, was alles drin ist. Du könntest gegen irgendetwas allergisch sein.«

Unfreiwillig musste ich lachen. Dabei tat ich das sonst nur selten. »Allergisch? Für was für einen Waschlappen hältst du mich? Bitte sag mir nur, dass das wirklich alles Fleisch ist, was ich da sehe und du nicht dieser Veganer-Sekte angehörst, die meint, alles mit Gras und Kompost ersetzen zu müssen.«

Clark schnaubte unerwartet und verzog ihre Lippen zu einer angewiderten Grimasse. »Hätte Gott gewollt, dass wir alle nur Gras fressen, wären wir Karnickel geworden«, rutschte es ihr weniger schüchtern heraus, was sie scheinbar bereits nachdem sie es gesagt hatte, wieder bereute. Dabei musste ich mich wirklich zusammenreißen, nicht wie ein Idiot breit zu grinsen. Ihre Reaktion war schlicht zu amüsant.

Website: fuchsteufelsmild.com
Facebook: facebook.com/KatieWeberAutorin

23864881R00146

Printed in Poland
by Amazon Fulfillment
Poland Sp. z o.o., Wrocław